La Cuvée avait du Corps

Robert Ferraris

LA CUVÉE AVAIT DU CORPS

Le Diamant de la Vouivre

ISBN – 2-913248-95-0
EAN - 9782913248953

Vendredi – 9 heures

Le rond-point arrivait à vive allure…

— Dédé ! Tu vas trop vite ! Ralentis avant qu'on ne finisse sur dans le décor !

— Que non, mon cher adjudant… Et puis, je ne risque rien, en compagnie d'un as des affaires criminelles !

— Si tu crois que l'as en question pourra te…

Nicolas Delpiéri fut interrompu par un juron fleuri du conducteur, le journaliste André Rollat, tandis qu'il écrasait la pédale de frein, obligeant son passager à se cramponner à la poignée de la portière et à poser une main sur le tableau de bord :

— Eh ben, ça, c'est la chiotte ! grogna Fangio.

— Juron moult distingué, dans la bouche de l'as de la plume !

— Rigole… Tes semblables sont postés au rond-point, droit devant nous ; et, non sans la pointe d'humour dont vous autres faites profiter les pauvres conducteurs innocents, commencent à se déplacer… On est bon pour la romaine !

— Tu es bon… Moi, je ne suis que le passager que tu secoues dangereusement depuis Bourg en Bresse !

Dédé jeta un coup d'œil meurtrier à l'adjudant, et se détendit aussitôt, devant la mine hilare de son ami.

Ils arrivaient à l'entrée du rond-point Jean Monnet, le père de l'Europe, situé au bas de l'entrée de la bonne ville de Belley, connue de tous les gastronomes depuis qu'un certain Anthelme Brillat-Savarin avait gravé dans le marbre les principes de la bonne « bouffe » quelques deux siècles plus tôt.

Un gendarme, posté sur la bande centrale de la chaussée, fit un signe impérieux, désignant le bas-côté.

— Pfff, fit le journaliste, z'ont ben rien d'autre à faire, tes potes ! Z'ont donc pas de voyous à pourchasser dans les environs ?

Il se gara lentement, en dehors de la chaussée. Ce n'était pas la peine d'envenimer les choses. L'homme s'approcha de la voiture. Delpiéri, l'ayant aperçu dans le rétroviseur, se mit à sourire :

— Et en plus, t'as du bol ! C'est Mathieu Borland…

— Tu l'connais ?

— Un peu…

Le journaliste allait ajouter quelque chose, mais un index nerveux toqua contre sa vitre, qu'il descendit. Le gendarme se pencha :

— Messieurs… Gendarmerie Nationale. Papiers du véhicule, s'il vous plaît, et permis de conduire. Il semblerait que vous êtes en froid avec votre compteur, cher monsieur… Enfin, je suppose, vu la vitesse à laquelle vous débouliez !

Silence de Dédé pendant qu'il se fouillait, à la pêche aux papiers.

— C'est exactement ce que je me tue à lui dire depuis que nous sommes partis de Bourg, mon cher Mathieu. Mais, comme tous les journalistes un peu connus, il n'en fait qu'à sa tête ! Ce n'est pourtant pas un mauvais bougre… Tu as dû certainement lire sa prose dans le journal…

Le gendarme se pencha un peu plus, de façon à distinguer celui qui se permettait de l'appeler par son prénom :

— On se connaît… commença-t-il avant de s'exclamer : Nico ? Qu'est-ce que tu fiches dans le coin ? Tu es là pour une enquête, à moins que tu en aies une bonne fois pour toutes marre de l'océan de brouillard où tu t'englues les poumons et bousilles tes articulations, et qu'on nomme Bresse ?

— Pas vraiment, mon vieux. Nous sommes presque en service commandé, bien qu'habillé en civil pour ma part. Lui, c'est tout le temps ! Ah ! Je te le présente, cet affreux contrevenant. André Rollat, le...

— ... journaleux patenté de ta gendarmerie ? Je me disais aussi que votre tête me rappelait quelqu'un, jeune homme... J'apprécie vos articles !

Dédé fit un signe de tête en guise de salut, se gardant bien d'ouvrir la bouche...

— Et vous allez où, si vite, les gars ?

— Marignieu...

— Marignieu ? Y a un souci, là-bas ? Je n'ai pas été mis au courant... Tu sais que j'y ai grandi...

— T'inquiète... Pas de crime, pas de coup fourré, au contraire. J'ai une invitation aux Portes Ouvertes de chez...

— ... Angelot ! Bigre. Un Bressan qui sirote du vin du Bugey, c'est pas commun !

— Quand c'est bon, on ne réfléchit plus, mon cher, on en redemande, fit l'adjudant.

— Et quand c'est bon, s'esclaffa Borland, on se dépêche avant qu'il n'y en ait plus, hein, chauffard ?

Rollat essayait de se rendre invisible. Peine perdue. L'autre continua de retourner le couteau dans la plaie :

— Bien ! Tu sais toujours conduire, Nicolas ?

— Jusqu'à ce matin, il me semble.

— Alors, je m'en vais retenir ton chauffeur par ici pendant que tu iras te rincer la dalle...

Mine de plus en plus déconfite de Dédé... Finalement, le lieutenant Borland éclata de rire, mit une bourrade au jeune homme et conclut :

— Allez, j'rigole ! Pour une fois qu'on peut torturer un conducteur sans se faire engueuler ou voir débarquer son avocat... Bon, c'est à gauche dans le rond-point, puis tout à droite, la D169, mon p'tit gars. Pour cette fois, vous avez un alibi en béton.

— Je te revaudrai cela, fit l'adjudant.

— Tu dis juste à celui avec qui j'ai usé mes fonds de culottes sur les bancs de l'école communale, que je débarquerai dans l'après-midi. Qu'il mette son *Altesse* au frais !

— Tu es connaisseur, qui plus est.

Ils se serrèrent la main, et les deux compères purent reprendre la route. Le journaliste poussa un profond soupir, et remercia son ami.

— Tu me dois quatre-vingt-dix euros et un point, rit Delpiéri, pour aussitôt reprendre : Dédé, bon sang, ralentis… !

Vendredi – 6 heures 30

Eric Angelot et son frère Philippe avaient peu dormi. Ils n'étaient d'ailleurs pas les seuls dans ce cas sur le domaine. C'était la même chose à chaque opération de quatre jours de Portes Ouvertes qu'ils organisaient à la fin du mois de mars.

Pour que cela soit une réussite, il fallait tout caler au millimètre. Il en allait de la renommée de la Maison !

Ce vendredi matin, il ne faisait pas très chaud, une petite gelée blanche avait perlé les herbes à peine libérées par la neige de l'hiver, même s'il restait ici et là quelques paquets de blancheur. Tout le monde était pourtant arrivé aux aurores. La chasse au moindre défaut et à la plus petite faute de goût avait été lancée avant la venue des patrons. Les hôtesses d'accueil vérifiaient si les documents présentant le domaine étaient en assez grand nombre, rectifiaient la position des piles, corrigeaient la mise en place sur les différents panneaux à l'entrée du grand hall qui allait bruire de monde durant ces quatre jours. Et surtout, elles se mettaient dans la peau des visiteurs pour se rendre compte si les différents fléchages étaient bien disposés.

Pendant ce temps, trois sommeliers débouchaient les premières bouteilles de vins rouges, pour que ces derniers décantent quelque peu. Ils mettaient au contraire, les blancs et les rosés sur leurs lits de glace pilée. Ils contrôleraient les températures de dégustation tout au long des quatre jours de fête.

Dans les entrailles du domaine, où somnolaient les grandes cuves dans lesquelles se bonifiait la dernière récolte, d'autres vignerons allaient et venaient. Ils vérifiaient les tonneaux anciens mis debout, servant de tables sur lesquelles ils disposaient de la documentation. D'autres encore soutiraient le vin, remplissant les bouteilles qui iraient régaler les palais des visiteurs. Dans une des caves, près du monte charge, des piles de cartons soigneusement étiquetés attendaient les futurs acheteurs. Certains étaient déjà aux noms de ceux qui avaient passé commande avant de venir déguster. Car ces quatre jours étaient aussi un des grands moments de la vente annuelle.

Eric Angelot arriva au pas de course un peu avant six heures du matin. Il passa de chapiteau en chapiteau, qui encadraient la cour du domaine. Tout lui semblait en ordre : tables et chaises attendaient les dégustateurs, lieux privilégiés pour échanger, pour papoter de tout et de rien, dans la bonne humeur et la convivialité. Un coin presse avait été aménagé un peu à l'écart, dans une ambiance de bistrot à l'ancienne. Quelques musiciens avaient été invités pour d'une part se faire connaître, et d'autre part animer un instant les journées. Il poussa la lourde porte donnant sur le grand hall où habituellement se déroulait une partie de la vie de la Maison. C'est là que se réceptionnait la vendange, que les expéditions attendaient les camions qui les emporteraient…

Sur la droite, le stand des hôtesses… Impeccable… Plus loin, une série de petits stands dédiés à la vente de cochonnailles, de conserves de légumes anciens, de fromages (dont le fameux Brillat-Savarin) ou de confitures et miels de pays. Il y avait même un type qui dédicaçait un roman sensé se dérouler dans le coin ! Au centre de ce vaste hall, des îlots avaient été installés : d'énormes demi barriques renversées qui servaient de comptoirs, encerclées de sièges hauts. Sur le dessus, des fonds d'anciens tonneaux découpés, remplis de glace pilée, accueillaient les premières bouteilles mises à fraîchir. Des bouquets de fleurs, des plantes en pots égayaient tout l'espace dont les murs avaient été recouverts par une exposition de peintures et de photos géantes glorifiant le Bugey et ses vignobles.

Les propriétaires des lieux rassemblèrent tout le personnel pour un dernier briefing :

— Tout d'abord, bonjour à toutes et à tous, dit Eric Angelot. Dans deux heures, cela va débouler en masse, plein pot dès ce premier jour. Certes, aujourd'hui, c'est plutôt la journée des professionnels et des invités : les chroniqueurs gastronomiques, à ne pas décevoir, surtout ceux qui ont la dent dure par nature ; les revendeurs habituels de la Maison, à chouchouter avant toute chose ; puis les restaurateurs connaisseurs des vins du Bugey, qui viennent pour humer la dernière vendange ; enfin les élus et autres invités de marque, dont on parlera dans la presse, et donc de nous par la même occasion.

— On a quatre jours à trimer du petit matin au soir tombé, continua son frère Philippe. Avec un repos quelque peu étriqué. Mais vous savez tous que le jeu en vaut la chandelle. L'année de notre maison se joue durant ces Portes Ouvertes. La météo semble de notre côté, signe de visiteurs supplémentaires. On croise les doigts et on fonce. Mais tout de suite, direction la salle de réunion pour une petite collation. Il est hors de question d'attaquer le ventre vide !

Au milieu du brouhaha qui suivit, tous commencèrent à se diriger vers le fond du hall. La question d'Eric Angelot résonna sous la charpente de bois, leur fit faire silence, et se retourner pour la plupart :

— Quelqu'un a-t-il aperçu Carole ?

Personne ne répondit. Mais à la mine de certains, c'était évident : pas de Carole…

— Bon sang, reprit-il, cela fait maintenant cinq jours qu'elle ne répond pas à nos appels ! Elle ne va quand même pas nous faire faux bond en ce moment. C'est sa cuvée que nous fêtons, le résultat de son travail acharné ! Elle s'est largement investie pour qu'elle soit hors pair, la meilleure depuis longtemps ! C'est franchement incompréhensible. Sa bagnole est pourtant devant chez elle…

Les deux frères l'avaient embauchée quatre ans auparavant ; officiellement comme oenologue. Officieusement, elle remplissait les fonctions de maître de chai, apte à s'impliquer dans l'élaboration du précieux liquide qui dormait dans les fûts.

Carole Grandin était originaire de la région. Elle avait passé son enfance à Virieu le Grand, mais sa famille était originaire de la région de Bourgoin, dans l'Isère proche, où ses ancêtres tenaient une librairie renommée. Puis elle était partie poursuivre ses études à Lyon, en faculté, avant de brusquement tout abandonner pour intégrer une prestigieuse école d'œnologie de la région bordelaise, sous les regards narquois de la plupart des mâles admis en même temps qu'elle. Les mêmes faisaient grise mine quelques années plus tard quand elle sortit major de sa promotion. Contre toute attente, elle avait décliné des offres en or de châteaux plus que prestigieux, pour revenir dans son Bugey natal où sa notoriété l'avait précédée. Elle avait parcouru les différents vignobles de la région, s'était finalement présentée à la maison Angelot, à la grande surprise des deux frères :

— *Nous ne pourrons jamais vous offrir ce que Bordeaux vous aurait donné ! Vous imaginez bien que nous sommes loin d'avoir les mêmes moyens qu'eux…*

— *Aucune importance… Je veux juste m'impliquer dans la bagarre en cours !*

Par bagarre, elle entendait jouer un rôle dans les démarches pour obtenir l'Appellation d'Origine Protégée pour le vignoble du Bugey. Alors, ils l'avaient engagée. Et elle avait fait partie de ceux qui avaient remué ciel et terre pour l'obtenir, cette AOP. Avec succès : c'était tout neuf, c'était mérité. La jeune femme fut de toutes les réunions, de tous les déplacements, de toutes les batailles, face à tous ceux qui se mettaient en travers de leur chemin.

Depuis le lundi précédent, elle ne répondait plus à aucun appel. Elle ne s'était pas présentée à la cave, personne ne l'avait vue depuis la journée du dimanche précédent. C'était le silence total. Même ses logeurs ne savaient pas où elle était passée…

Vendredi – 9 heures 30

Eric Angelot naviguait entre les petits groupes qui devisaient tout en dégustant la nouvelle cuvée. Ce qu'il saisissait ici ou là ne pouvait que l'emplir de fierté. Les journées Portes Ouvertes de printemps représentaient une bonne partie des ventes de la dernière récolte, sans oublier les précédentes, mais étaient avant tout un indicateur grandeur nature et en temps réel de la manière dont les divers dégustateurs appréhendaient les différentes cuvées. Ses vins faisaient une fois encore l'unanimité des spécialistes qui avaient répondu présents à son invitation. L'œuvre novatrice de Carole Grandin portait ses fruits. Elle avait vu juste, atteignant un équilibre parfait dans ses assemblages. Il était convenu de les garder secrets, bien entendu, tout en expliquant que soleil et terroir étaient pour beaucoup dans la finesse obtenue. Ce qui était somme toute vrai. Seuls la jeune femme, son frère et lui-même connaissaient la « recette » ! Et encore… la jeune femme n'avait pas tout révélé, elle se réservait pour après, si tout marchait bien.

Les oreilles aux aguets, le viticulteur se faufilait donc de groupe en groupe pour récupérer quelques bribes, quelques avis, voire quelques longues tirades de la part de connaisseurs.

Il aperçut au fond de la salle, un de ses sommeliers, Pierre Viguier, qui le hélait en faisant de grands signes. Il se dirigea vers lui, prenant tout son temps. Pas la peine que les invités croient à un ennui…

— Un problème, Pierre, pour que tu t'agites ainsi ?

— Pas vraiment… On va manquer de rouge dans pas longtemps. Il faut embouteiller. La cuve deux est pratiquement à sec.

— C'est celui qui est servi en ce moment ?

— Oui... Mais on a préparé un certain nombre de cartons pour les premières commandes passées auprès de votre frère.

— Déjà ?

— Le Château du Parc en a réservé deux cents cinquante bouteilles !

— Eh bien, leur chef ne fait pas dans la dentelle. Cela fait plaisir. Tu laisses dormir ce qui reste au fond de la deux. Tu passes à la quatre...

— J'aurais plutôt opté pour la cinq, le coteau a une meilleure exposition...

— Ecoute, mon vieux, fais au mieux... Je te rejoins dès que je peux. Cela commence à grouiller, par ici... Je ne peux pas jouer à l'homme invisible...

Laissant Viguier à ses problèmes d'embouteillage, il reprit ses pérégrinations entre les invités. Il reconnut quelques envoyés de magazines de renom, ceux qui font et défont les réputations : un du Guide Hachette, un autre du Gault et Millau, sans compter un petit nouveau qui discutait avec eux, venu sans doute d'un des nombreux confrères qui analysent et notent la plupart des vins de France et de Navarre. Comme il approchait de l'entrée, il aperçut deux têtes connues et amies :

— Ah ! Vous voilà ! Bienvenue aux Bressans en terre bugiste...

— Vous êtes le second à nous faire cette réflexion, sourit l'adjudant Delpiéri.

— Et qui vous l'a dit en premier ?

— Un pote à lui ! fit Rollat.

— Je parie que c'est Borland ? Il doit d'ailleurs venir en fin de matinée.

— Tout juste ! Il vous fait savoir qu'il ne pourra être des vôtres que cet après-midi, répondit le gendarme. Ce que ne vous dit pas mon compagnon, c'est qu'il a failli lui coller un PV de légende !

— Oh... Laisse tomber...

— Venez que je vous fasse goûter la cuvée de l'année… Allons bon… Quoi encore ?

Angelot venait d'apercevoir de nouveau le sommelier qui, cette fois, gesticulait près de l'escalier qui plongeait dans les entrailles du domaine. Il s'excusa auprès de ses deux amis, tout en les confiant à Julie Porterouse, une des hôtesses. Il fila entre les bars improvisés. Pierre Viguier faisait la grimace :

— Il faut que vous descendiez, patron !

— Qu'y a-t-il ? Tu n'as pas mis la quatre en perce ?

— Justement, si… Mais on a un gros souci… Il se passe quelque chose de pas normal. Il nous faut votre avis.

Ils descendirent la volée de marches, en direction des caves dont la partie la plus ancienne était taillée à même la roche du mont sur lequel s'était développée Marignieu. Pierre Viguier se dirigea vers celles qui avaient été ajoutées plus récemment, et qui n'étaient pas visitables durant ces quatre jours. L'espace étant encombré de personnels qui mettaient sans relâche en bouteilles pour les clients, et préparaient les séries de dégustations, on ne pouvait pas laisser déambuler là toute une foule de curieux. Les anciennes, par contre, faisaient l'objet de découvertes commentées.

Le sommelier ferma soigneusement la porte après leur passage. Eric Angelot se sentait vaguement inquiet, c'était bien la première fois que Viguier était aussi nerveux. Il fit un signe de la main aux embouteilleurs et suivit l'homme. Celui-ci avait, au passage, saisi deux pipettes de soutirage. Ils se dirigèrent vers la cuve quatre, un énorme cylindre de polypropylène haut de plus de trois mètres cinquante, pour un diamètre dépassant le mètre et demi. Une contenance de quelques sept mille cinq cents litres. Au sommet, une sorte de dôme aplati fixé à la paroi en plusieurs points par de grosses attaches. En dessous, un cercle épousant le diamètre de la cuve flottait en quelque sorte sur le liquide ambré ; il descendait avec le niveau chaque fois que l'on soutirait du vin, le protégeant de l'oxydation de l'air. Il n'était retiré que lorsque la cuve était vide, pour assurer un nettoyage complet avant le remplissage suivant. A la base de la cuve, une série d'ouvertures : un robinet pour pouvoir soutirer le liquide, disposé légèrement au dessus du fond, pour ne pas laisser passer les impuretés ; à côté, une fenêtre de maintenance, et tout au fond une trappe pour évacuer les dépôts.

Paul Viguier actionna le robinet. Un filet de vin coula dans la carafe :

— Ça ne coule pas beaucoup, remarqua Eric.

— Je sais... Même en ouvrant plus, on n'a pas de débit.

— Fais goûter...

Le sommelier aspira un peu de liquide à l'aide de la pipette, qu'il fit ensuite couler dans deux verres ballons. Il en tendit un à son patron. Les deux hommes les agitèrent lentement, faisant rouler le liquide contre les parois. Ils le firent passer dans la lumière d'une ampoule :

— La robe me paraît un peu foncée, dit Angelot.

— Vous avez raison... C'est bizarre. Elle devrait normalement être plus claire que ça, surtout que c'est le même coteau que la deux. Même exposition...

— Ce trouble ne devrait pas être...

Il fit de nouveau rouler le vin dans son verre, avant de le porter à son nez. Il huma longuement, à plusieurs reprises, sourcils froncés, avant de conclure :

— Le bouquet aussi n'est pas normal. Il est puissant, de ce côté-là tout va bien. Mais je lui trouve un quelque chose de... d'inconnu...

— Absolument... Il y a un ... parfum, ... un effluve que je ne peux pas non plus déterminer. Je dirais cependant que c'est assez nauséabond... Nouveau, mais nauséabond.

— Ouais... Encore faut-il que les autres barriques de la cuvée ne soient pas identiques.

Angelot avait gardé l'habitude d'appeler ses cuves des barriques. Référence sans doute au temps de son grand-père et de son arrière grand-père, quand le vin s'élevait dans d'énormes fûts de chêne. Ces derniers n'avaient d'ailleurs pas toujours servi à faire du vin... Certains avaient été utilisés pour cacher quelques résistants durant la dernière guerre.

— Carole aurait-elle tenté quelque chose ? Sur une telle quantité, cela ma surprendrait un peu, mais bon... Elle ne t'a rien confié ?

— Rien du tout.

— Si elle était là, on saurait sans doute ce qu'elle a concocté. Soutire dans les autres cuves. La trois et la cinq, elles sont aussi du même coteau.

Le verdict tomba en quelques secondes : robe parfaite, claire et chatoyante ; bouquet lui aussi impeccable, digne des meilleurs Bugey !

— Merde ! jura le viticulteur.

— La quatre aurait tourné ? C'est rare, ce genre de chose...

— Aucune idée. On goûte !

Ils firent encore une fois tourner le précieux liquide dans les verres, avant de le porter aux lèvres. Les hommes se regardèrent, effarés... Ils crachèrent ce qu'ils avaient en bouche, rincèrent plusieurs fois avec de l'eau fraîche, pour que leurs papilles ne gardent pas en mémoire ce qu'ils avaient goûté. Ils reprirent alors une nouvelle lampée... Même constat accablant : un arôme qui semblait épicé ou quelque chose d'approchant. Comme si quelqu'un avait ajouté des ingrédients bizarres dans la cuve, qu'ils étaient dans l'incapacité d'identifier. Le corps du vin, quant à lui, agressait violemment le palais ; ajoutée à tout cela une acidité impossible, digne de la pire des piquettes...

Eric Angelot tenta d'avaler une petite gorgée du breuvage. Il fut pris d'une quinte de toux, cracha le tout sur le sol, avant de grogner :

— Qu'est-ce que c'est que cette saloperie ? C'est imbuvable ! Quand la cuve a-t-elle été vérifiée pour la dernière fois ?

— Il y a une dizaine de jours, comme toutes les autres. Par Carole et moi-même. Elle était parfaite, conforme à ce qu'on attendait.

— Mais enfin bon sang, elle n'a pas pu virer en si peu de temps. Cela ne s'est jamais vu ! Y a du dépôt ?

Un dépôt avait en effet pu se déposer dans le fond de la cuve, et altérer les premiers soutirages. Les deux hommes en doutaient quelque peu, chacune des cuves possédant un fond incurvé pour justement recueillir les saletés éventuelles.

— Même avec un énorme dépôt, on n'obtient pas une cochonnerie comme ça ! fit Pierre Viguier.

— Vérifions tout de même... Tu envoies une dizaine de litres à l'égout, et on teste de nouveau.

Pierre Viguier laissa filer quelques litres du précieux liquide, une barre au front... Le débit était bien faible... Il soutira un nouveau pichet. Mais ils eurent la même sensation étrange et cette fois de plus en plus écoeurante.

Angelot, perfectionniste, jeta le contenu du pichet :

— On recommence l'opération !

Rien n'y fit. Le breuvage ne s'améliora pas d'un iota ! De plus, le filet de vin se faisait de plus en plus mince, au point de finir par un goutte à goutte exaspérant.

— Allons bon, fit l'oenologue. Il manquait plus qu'une connerie dans ce goût-là !

— Jacques ! appela Angelot.

Le responsable de l'embouteillage qu'ils avaient croisé quelques minutes auparavant s'approcha :

— Un problème, patron ?

— Ouais, on peut dire que ça coince avec la quatre. Probablement foutue ! Donc, vous attaquerez avec la trois quand vous aurez terminé la deux. Pour le reste, on verra plus tard. Ici, c'est bouché ! Totalement !

— C'est pas possible !

Il manipula le robinet à son tour, tapotant de chaque côté pour détacher éventuellement un dépôt trop important. Sans succès... Le filet resta ridicule, finissant même par s'arrêter totalement.

— Ben pétard ! grogna Jacques. Il faut l'enlever !

— Tu déconnes, là ? Tu sais le débit de ce machin ? On va inonder toute la cave !

— Il y a peut-être un moyen...

Jacques Nouvel fila au bout de la cave, récupéra une des échelles d'aluminium qu'il revint placer contre la paroi de la cuve. Il repartit pour récupérer une sorte d'outil au long manche au bout duquel était fixée une grosse boule de tissu, d'un diamètre plus important que celui de l'orifice dans lequel était vissé le robinet. Pierre Viguier avait compris ce qu'il s'apprêtait à faire, et lui fit signe de monter à l'échelle. Une fois en haut, Nouvel déverrouilla le dôme de la cuve, qu'il releva ensuite. Le disque flottant sur les sept mille cinq cents litres de vin s'offrit à sa vue. Il eut un mouvement de surprise :

— Patron ? la trappe a disparu !

— Comment cela, la trappe, disparue ?

— Elle n'est juste plus là. Les charnières ont été démontées, et la trappe n'est pas...

— J'ai pigé, Jacques, j'ai pigé... Pourquoi l'avoir démontée ? C'est ridicule, et cela ne sert à rien ! A moins que... A moins que celui qui a fait cette connerie nous ait empoisonné le vin ! Dans quel but ? Il va falloir le découvrir. Jacques, tu peux plonger ton bouchon de tissu et empêcher le flot de nous inonder ?

— C'est comme si c'était fait, patron.

Il enfonça lentement la perche dans l'ouverture au centre du cercle flottant. Dans le même temps, Viguier s'arcboutait sur le robinet et le faisait peu à peu pivoter, prêt à tourner en sens inverse si le vin se mettait à fuir à gros bouillons tout autour. Il ne se passa rien. Là-haut, l'autre vigneron dit, soudain :

— Je bloque... A peu près dans les trente centimètres au dessus de la bonde.

Pierre arrêta son geste, se tournant vers Eric Angelot. Ce dernier lui fit signe de continuer. Il s'exécuta. En quelques secondes, le robinet en inox fut libéré de son orifice. Viguier le déposa sur le sol. Rien de sortait du conduit, si ce n'est quelques gouttes de liquide. Il se mit à genoux, pour regarder à l'intérieur. Si quelque chose obstruait la sortie, il saurait quoi. Il eut un mouvement de recul, se releva tel un ressort, blanc comme un linge, hoquetant :

— Bon dieu ! Eric... Vous devriez jeter un œil...

Le viticulteur se pencha à son tour, lampe de poche en main. Il fronça les sourcils, lâchant la torche qui rebondit sur le sol de ciment. En haut de son échelle, Jacques Nouvel poussait une série de jurons, terminant par :

— J'y crois pas... Eh, patron... Y a quelque chose qui flotte sur le vin...

Les autres ne l'entendirent pas, le regard rivé dans le fond de l'orifice où logeait le robinet. Viguier tremblait en tendant la torche qu'il avait récupérée. Sous le jet de lumière, on apercevait clairement un pouce, un index et un majeur, recroquevillés sur la paroi du trou, crispés, noircis, comme s'ils avaient cherché à s'extirper de cette cuve... On devinait le reste de la main, à l'arrière, faisant obstacle au passage du liquide. Le dessous et les attaches des ongles étaient plus foncés, gorgés de la couleur du vin.

— Nom de dieu ! jura Eric Angelot

— Vous m'entendez, vous autres, ou pas, cria Jacques Nouvel du haut de son échelle.

— Ouais ! Arrête de gueuler ainsi, et descends de ton perchoir. On est dans la merde, si tu veux mon avis ! Pierre, tu vas...

— Et je fais quoi de ce truc ? continua Jacques, comme s'il n'avait pas entendu.

Il leur tendait une casquette dégoulinante, imprimée à carreaux, sur la visière de laquelle on lisait encore : « C'est moi la meilleure ! »

Pierre et Eric se regardèrent, blancs comme des linges. Ils tournèrent les yeux vers la casquette, puis vers l'orifice de la cuve...

— Tu penses comme moi ? demanda Angelot.

— J'crois, oui... C'est moche !

— Cela expliquerait pourquoi elle...

La voix du viticulteur s'étrangla dans sa gorge. Il s'appuya un instant contre le mur en face des cuves. Les trois embouteilleurs, intrigués, s'étaient approchés. L'un après l'autre, ils jetèrent un coup d'œil dans l'orifice. C'est en tremblant qu'ils se réunirent autour de leur patron, Eric

Angelot se redressa enfin. Il avait les yeux rouges, mais les fixa tous, l'un après l'autre, avant de déclarer :

— Nous ne savons pas vraiment qui est là-dedans, même si on a notre petite idée. La casquette de Carole flottait dans la cuve, Jacques l'a repêchée… Pour le moment, on la ferme ! D'autre part, on ne touche évidemment à rien, on a déjà largement salopé la scène en piétinant tout autour. Et interdiction à quiconque autre que nous d'entrer dans cette cave ! Vous autres, essayez de vous reprendre, continuez à mettre en bouteilles, comme vous pourrez, à la vitesse que vous voudrez. Espérons que les flics de nous fassent pas annuler nos Portes Ouvertes… S'il le faut, nous fermerons la Maison…

Signes d'assentiments de tous. Il poursuivit :

— Je répète encore une fois : interdiction absolue d'en parler à qui que ce soit ! Je pulvérise le premier qui ne tiendra pas sa langue !

— On ne peut pas laisser… commença Pierre Viguier.

— On ne peut pas quoi ? s'écria le viticulteur, trop ému, avant de se reprendre… Excuse-moi, Pierre, je ne voulais pas…

— C'est rien, patron. Je voulais juste dire : pour Carole…

— Pour Carole… La pauvre gosse… J'espère seulement de tout cœur qu'on mettra la main sur le salaud qui a fait cela…

— Vous pensez que c'est quelqu'un qui…

— J'en suis sûr. Elle n'était pas du genre à se supprimer. Surtout pas à la veille d'être reconnue comme véritable maître de chai ! Elle attendait cela depuis si longtemps, elle a tant bossé pour créer un vin d'exception !

— On fait quoi ?... Je remets le robinet en place ?

— Non. Je doute d'ailleurs que tu puisses… On ne touche plus à rien. Il y a là-haut un gendarme de choc, venu pour déguster et réapprovisionner sa cave personnelle. Je vais aller lui parler. Vous autres, vous continuez comme avant. Carole aurait voulu que cela soit ainsi. Nous savons qu'elle faisait passer sa passion avant tout le reste. Elle vivait pour ainsi dire avec la volonté de nous donner le meilleur vin de toute la région. Nous ne devons pas la décevoir…

Vendredi – 10 heures 20

Eric Angelot émergea de l'escalier dans un hall d'entrée de plus en plus fréquenté et bruyant. Il aperçut quelques têtes connues de la région. Il se composa non sans difficulté une allure de circonstance, et, tout sourire, serra les mains qui se tendirent au fur et à mesure qu'il s'avançait en direction du bureau de son frère. Un mot gentil par ici, un autre ailleurs, un hochement de tête pour montrer qu'il était d'accord avec ses interlocuteurs. Il avait autre chose à l'esprit, et faisait son possible pour aller d'un groupe à l'autre tout en se rapprochant de son but.

— Bon sang ! fit soudain une voix dans son dos. Où étais-tu passé ? Les gens commençaient à se poser des questions.

Il se retourna, ayant reconnu la voix de son frère Philippe. Il devait cependant avoir un drôle d'air, car ce dernier lui demanda, sur un ton vaguement inquiet :

— Que se passe-t-il ? Tu as l'air bizarre, et tout pâle ?

Eric attira son frère à l'écart, en prenant soin de ne pas être brusque :

— Frangin, on a un problème…

— Un problème ? C'est ce qui t'a retardé ?

— Oui… De taille ! On est dans la pire des mouises !

En quelques mots, il lui rapporta ce qui se déroulait en bas. Philippe Angelot hochait la tête, fixant un point au loin, le visage fermé…

— Tu veux dire que…

— Tu m'as parfaitement compris… Cela va grouiller de flics dans les parages, et dans pas longtemps. On ne peut pas cacher un meurtre à cause d'une opération de promotion. Alors, une seule conduite : on garde cela pour nous, surtout pas un mot à la presse, ni à tous ceux qui déambulent ici ! Et on interdit la cave numéro un. D'ailleurs, j'ai verrouillé la porte en sortant. Il suffira de dire qu'on a une... cuve qui fuit, que ça sent la vinasse, un truc dans ce genre... Pigé ?

— Pas de souci... On peut aussi dire que cette année, la cave un n'est pas accessible, à cause des recherches de notre œnologue... Mais pour la police ?

— Tu te charges d'appeler Borland. Il devait nous rendre visite dans l'après-midi. Il prendra un peu d'avance, c'est tout. Par contre, demande-lui de ne pas arriver en faisant gueuler les sirènes, tourner les gyrophares et tout le bazar habituel. On les fera entrer par le bas. Il faudra d'ailleurs qu'on soit en dessous à tour de rôle, au moins dans un premier temps.

— Les Portes Ouvertes ?

— Je sais pas ! C'est accessoire... Pour le moment, on continue. Comme je leur ai dit en bas, le show must go on ! Je te laisse. Il y a là un gendarme de choc, Nicolas Delpiéri. Je vais le retrouver et lui expliquer la situation.

Et il planta là son frère pour se faufiler entre les invités. Chacun avait son mot à dire, une anecdote à lui confier. Il dut par trois fois rassurer certains qui le trouvèrent un peu pâle, leur assurant qu'il n'était pas malade, juste un peu de stress ! Il ne fallait surtout pas donner l'impression que quelque chose ne tournait pas rond... Il aperçut Delpiéri et Rollat à l'autre bout du hall. Entre les « Votre vin est vraiment remarquable cette année », les « Fantastique, cher ami, fantastique », ou les « Je vais en prendre en quantité, il est sublime », ou encore les « Il faudra nous présenter cette jeune fille, elle a fait un travail hors pair ! », il se rapprocha lentement des deux hommes.

Philippe Angelot avait réintégré le bureau, et composé le numéro de la gendarmerie de Belley. C'est le lieutenant lui-même qui répondit à l'appel :

— Philippe ? Alors, ça se passe bien cette ouverture tous azimuts ? Je viendrais ce tantôt comme promis, en définitive plutôt en fin d'après-midi...

— Je pense qu'on va te voir débarquer avant... Avec toute ta cavalerie...

— Holà ! Que se passe-t-il ?

Quand il fut mis au courant, il assura qu'il serait sur place dans le quart d'heure. Il allait raccrocher, mais ajouta :

— Vous ne touchez à rien, là-haut, hein ? N'allez pas foutre vos empreintes un peu partout ! En attendant, coincez Delpiéri, il pourra sécuriser la zone de cr… la zone des faits !

— Votre Altesse est superbe, maître Angelot. Vous féliciterez la petite qui suit vos cuvées. C'est une perle rare, complimenta l'adjudant lorsque le propriétaire des lieux parvint enfin auprès des deux bressans. Cette cuvée est vraiment sans faute…

Devant la mine défaite de leur hôte, il haussa les sourcils :

— Aurais-je gaffé ?

— Pas du tout… Mais posez vos verres, et suivez-moi…

— Expliquez-vous, que diable !

— Pas ici ! Posez vos verres et suivez-moi en ayant l'air le plus naturels possible !

Brusquement intrigués, les deux hommes obéirent, et emboîtèrent le pas au viticulteur, toutefois en conservant leur boisson. Ils étaient heureusement près des locaux commerciaux de l'exploitation. Quelques mètres à franchir, beaucoup moins encombrés qu'ailleurs. Une hôtesse voulut demander quelque chose à Eric, qui lui fit un discret signe de dénégation. Elle n'insista pas. Ils accédèrent rapidement à l'escalier communicant avec les caves, dont ils descendirent les marches quatre à quatre. Eric Angelot les fit entrer dans la première cave dont il referma soigneusement la porte derrière lui. A double tour. Nouveau froncement de sourcils de Delpiéri. L'odeur de vin était forte… trop forte pour que cela soit naturel. Le gendarme flaira tout de suite autre chose. Un coup d'œil à Dédé lui apprit que le journaliste avait également senti que l'atmosphère ici bas n'était pas à la fête, alors qu'elle aurait dû l'être.

Ils arrivèrent devant la cuve quatre. Delpiéri remarqua tout de suite que le robinet manquait. D'après la couleur sombre de la paroi, il se rendit aussi compte que la dite cuve était pleine à ras bord. Une échelle était appuyée contre elle. Il se tourna vers Angelot :

— Il s'est passé quoi, ici ?

Pour toute réponse, Pierre Viguier lui tendit une torche allumée. Comprenant où il voulait en venir, le gendarme se pencha, scrutant l'ouverture. Il rapprocha la lampe, la faisant osciller de façon à saisir le plus de détails possible. Il se retourna vers le groupe qui l'observait :

— Je suppose qu'aucun d'entre vous n'a d'explication logique à fournir pour expliquer... ça ?

— Pas le début d'une, répondit Eric. A part que notre maître de chai ne donnait plus signe de... vie depuis le début de la semaine !

Delpiéri se releva :

— Vous avez prévenu Borland ?

— Il devrait être là dans le quart d'heure.

— Bien...

L'adjudant s'accroupit de nouveau, pour regarder de plus près encore. On avait bien là des doigts de femme, à n'en pas douter, du vernis apparaissait sur un ongle. Vu la couleur qu'ils avaient pris, la dame en question devait se trouver là-dedans depuis un certain temps.

— Quel niveau dans cette cuve ?

— C'est plein. Sept mille cinq cents litres !

— Bigre ! Je ne vois malheureusement qu'une seule solution. Il va falloir vider tout cela pour pouvoir récupérer la victime. Il y a une trappe ?

— Tout en haut, au centre du cercle en inox qui flotte sur le liquide et descend en même temps que le niveau baisse. C'est étanche à l'air. La trappe normalement placée au centre du dit cercle a d'ailleurs disparu !

— Comment, elle a disparu ?

— Elle n'est plus là-haut, commenta Jacques Nouvel. Quelqu'un l'a démontée...

— Y a moyen de pomper ? De vider en enfilant un tuyau par cette trappe.

— Ce serait trop long. On peut utiliser une autre trappe. Celle-là est au fond de la cuve. Elle sert à vidanger quand on a tout soutiré. On débloque le panneau, et la gravité fait le reste. En utilisant cette méthode, ce sera beaucoup plus rapide que par le haut.

Delpiéri se tourna vers Angelot :

— Il va falloir vider l'intégralité du contenu.

— On envoie tout à l'égout. Le vin est imbuvable… Et quand bien même il le serait…

— Il faut filtrer le liquide, au cas où le meurtrier ait laissé un indice. Un bouton, des cheveux, un objet tombé d'une poche, que sais-je encore…

— On trouvera un tamis à mailles fines. Mais j'ai peur que le corps ne vienne se bloquer sur cette vidange et empêche le vin de s'écouler, répondit Pierre Viguier.

— Pas si on le bloque contre la paroi, là où il semble être pour le moment…

Les gens présents regardèrent le gendarme avec des yeux interrogatifs pour certains, surpris pour les autres. Comment coincer quelque chose au fond d'une cuve fonctionnant grâce à la gravité, au beau milieu de plus de sept mètres cube de liquide, qui plus est un corps humain pesant une bonne cinquantaine de kilos. Sans accès, il était en effet hors de question de descendre à l'intérieur, surtout que l'adjudant voulait préserver d'éventuels indices.

C'est Jacques Nouvel qui trouva la solution :

— Avec une perche, on peut empêcher le corps de bouger. Plus la cuve se videra et moins il y aura de pression pour le déplacer !

— Vous pouvez vous en charger ? demanda Delpiéri.

— Absolument ! Du moins,… je pense pouvoir le faire…

— Alors on tente le coup.

Nouvel repositionna de nouveau l'échelle contre la paroi, pendant que Viguier allait quérir un tamis très fin. Quand Jacques se retrouva en haut de son échelle, il s'encorda aux tuyaux qui couraient sous le plafond, mit un masque contre sa bouche et son nez pour inhaler le moins possible de vapeurs alcooliques, et enfonça lentement sa perche par l'ouverture au centre du cercle de métal. Il tâtonna quelques instants, grimaçant pour trouver le bon angle. Finalement, il s'écria :

— C'est bon pour moi. J'ai pu coincer la barre au fond de la cuve, près de la vidange. Je pense que c'est sur le cadre de cette dernière.

— Tu peux ouvrir, Pierre, dit Angelot, le regard sombre.

Viguier se coucha sous l'énorme cuve, actionna lentement la molette qui fixait la trappe. Il ne l'enleva pas totalement, d'une part pour ne pas être inondé par le flot, et d'autre part pour que l'écoulement soit régulier et fasse le moins de remous possible à l'intérieur. Il finit d'installer le tamis et s'extirpa de sa position inconfortable. Nouvel cria que tout allait bien, que le corps ne semblait pas bouger.

Le vin, à flot constant, à gros bouillons, commença à se déverser dans l'égout, à travers le tamis. Eric Angelot et ses compagnons, Jacques Nouvel, Pierre Viguier et les autres, s'étaient un moment détournés. Pour eux, c'était une partie de leur long et dur labeur de l'année qui disparaissait ainsi dans le néant. Le viticulteur fut le premier à se secouer. Il frappa dans ses mains ; le son résonna lugubrement sous les voûtes de la cave :

— Bon sang ! Tant pis pour le contenu de la cuve. Il faut penser à Carole, et tout faire pour retrouver le salopard qui l'a jetée là-dedans. D'ailleurs, adjudant Delpiéri, je crois qu'il vaut mieux que ce soit vous qui le coinciez avant nous autres, parce que…

Une voix, à l'autre bout du local, lui coupa la parole :

— Si tu veux mon avis, ne te mets pas en tête de faire une connerie !

Le lieutenant Mathieu Borland venait d'entrer dans la cave, accompagné de trois autres gendarmes. Le dernier trimballait une grosse mallette métallique ; sans doute un technicien récupéré au passage.

Il avisa Delpiéri :

— On peut dire que tu as du nez, toi ! Dès que tu te pointes dans un coin, on est quasi sûr de tomber sur un cadavre !

— Je sais... On me répète à l'envi que j'attire les affaires compliquées et les ... emmerdes !

— Bon... On a quoi, là ?

L'adjudant prit le lieutenant un peu à l'écart, pour lui expliquer rapidement, dans le style télégraphique, ce à quoi ils allaient être confrontés :

— Il semblerait que leur maître de chai ait été envoyée ad patres au fond d'une cuve de rouge depuis plusieurs jours. Elle était aux abonnés absents depuis le début de la semaine ! J'ai pris sur moi de commencer les opérations et surtout de sécuriser au maximum la zone, avant que tous ne viennent patauger là dedans !

— Tu as bien fait, Nico. Tu as quoi d'autre ?

— Rien de spécial. On vient de débuter la vidange de la cuve. Tout part à l'égout, mais tamisé au cas où le meurtrier ait laissé quelque chose...

— Tout cet excellent pinard qui fout le camp... Si c'est pas malheureux. Bon, se reprit Borland, celle qui est là-dedans n'a rien demandé ! Voyons les gens présents...

Il se tourna vers Eric Angelot :

— Dis-moi... Tu connais son adresse, à ta maître de chai ?

— Rien de plus simple. Elle habite un deux-pièces à l'entrée du village. Ce sont les Rouvier qui lui loue cela.

— Paulette et Jean ?

— Eux-mêmes ! Jean doit d'ailleurs être là-haut ; il revient régulièrement nous rendre visite. Cela lui rappelle le temps où il travaillait avec mon père.

— Parfait ! fit le lieutenant. On ira lui parler dans un moment. Pour l'instant, je veux voir le moins de monde possible dans les parages, de façon à ce que Donguy puisse effectuer le maximum de prélèvements. Nico et moi allons rendre une petite visite à l'appartement de Carole. De ton côté, tu avertis les pompiers pour qu'ils retirent le corps de là-dedans...

— Je ne veux pas m'immiscer dans ton enquête, risqua l'adjudant.

— Ne me les casse pas ! sourit Borland. Tu ne seras pas de trop, mon vieux. Et puis, je suis sûr que la proc te mettra sur le coup. Depuis que son collègue de Belley a été supprimé sous prétexte d'économies, il n'y a plus qu'elle sur le département.

— Je sais ! Cela la fait bien assez râler !

— Alors, si elle a ici quelqu'un avec qui elle a l'habitude de bosser, crois-moi qu'elle ne va pas s'en priver. Ajoute à la liste que je suis natif de Marignieu, et la messe est dite, non ? Tu es donc bon pour te cogner l'enquête avec moi !

Delpiéri sourit. Il est vrai que sa brigade de Montrevel venait d'être « élevée » au rang de brigade expérimentale de recherche pour aider à résoudre les cas sortant de l'ordinaire, voire bizarres ou relevant du paranormal. Ce dernier terme recouvrait tous les crimes où étaient plus ou moins impliqués des groupes sectaires ou des tueurs illuminés par une quelconque démarche « divine ». Cela représentait du travail supplémentaire, certes, mais c'était un peu leur faute, à lui et ses trois adjoints de choc, Bernigaud et son don de profiler, Pasquier et sa manie de sortir des sentiers battus, et Isabelle Morel et son génie informatique ! D'autres les avaient déjà surnommés les Quatre Mousquetaires du Crime ! A leur décharge, la Bresse avait été depuis près de quatre années le théâtre de crimes particulièrement sanglants et odieux, de faits crapuleux dépassant l'entendement.

Borland avait raison : la procureure Delmonod allait les mettre sur l'affaire…

Vendredi – 11 heures

La maison était basse, toute de pierres de taille, non loin du four reconstruit le long de la route départementale. Paulette Rouvier profitait du soleil de la matinée pour tailler ses derniers rosiers. Elle avait le geste sûr. Le sécateur coupait net là où c'était nécessaire, assurant un avenir impeccable aux plantes. La sève montante pourrait ainsi en priorité renforcer les tiges qui donneraient les plus belles roses de l'été.

Le portillon de l'entrée grinça un peu en s'ouvrant, ce qui lui fit relever la tête. Elle plissa les yeux pour lutter avec le soleil qu'elle avait de face. Elle fourragea dans les mèches de sa chevelure d'une blancheur immaculée, tout en détaillant les nouveaux venus :

— Mais qui c'est-y que v'là ? lança-t-elle en arborant un large sourire. C'est ce brave Mathieu ! Comment que tu vas, mon gars ?

— Bien, Paulette, tout à fait bien. Et toi ?

— Oh moi... Tu imagines bien un peu, non ? Si l'âge améliorait les choses, cela se saurait, hein ? Tu ne me présentes pas ton ami ?

— Si ! Adjudant Delpiéri. Il nous arrive de ce pays éloigné appelé Bresse !

— Dis pas d'âneries, Mathieu... La Bresse produit les plus beaux poulets de la Terre. Votre nom me dit quelque chose, monsieur... Sans doute lu dans le journal ! Vous avez mis des voyous en prison, c'est ça ?

— A peu près, madame.

— Et qu'est-ce qui vous amène par chez nous ?

— A vrai dire... une invitation à venir goûter le bon vin de votre voisin Monsieur Angelot.

— ... Et depuis quelques minutes une bien sale affaire, termina le lieutenant.

La vieille dame serra la main de Delpiéri, puis fronça les sourcils en se tournant vers Borland :

— Une sale affaire ? A Marignieu ? Elle est bien bonne celle-là ! Explique-moi voir un peu qui a tué qui. On n'est déjà pas si nombreux que cela par ici, alors si on en vient aux mains, ou aux fusils, ça va être un dépeuplement complet.

Ses yeux pétillaient, semblant dire au gendarme qu'il avait bien failli la tromper avec ses bêtises. Borland parcourut du regard les premières petites fleurs qui pointaient leurs pétales dans les massifs que le couple Rouvier entretenait avec amour tout au long des saisons. Ils étaient superbes, pas un seul brin de mauvaise herbe ne trouvait grâce à leurs yeux. Il revint à Paulette :

— Il s'agit de Carole, lâcha-t-il tout à trac.

— Ah bon ? Vous l'avez enfin retrouvée ? Et où se cachait-elle donc, la bougresse ? Une histoire de cœur, hein ? Je l'ai toujours dit, moi ! Même à Eric quand il est venu pour savoir si on avait des renseignements sur la petite… Cela ne pouvait pas être autre chose. Et puis, une si gentille fille, elle a bien le droit de vivre… C'est pas à Marignieu qu'elle allait…

Paulette Rouvier s'interrompit soudain, consciente de la situation pour le moins bizarre : si Carole était réapparue, elle l'aurait évidemment su avant les deux gendarmes debout en face d'elle… Elle pâlit brusquement, fit un pas en arrière. Le lieutenant s'approcha, lui mit les mains sur les épaules. Il avait compris que sa volubilité n'était que feinte, pour masquer son angoisse, pour retarder l'inévitable annonce. Elle renifla, deux ou trois fois, ses magnifiques yeux gris maintenant voilés :

— Elle est morte, hein ? Elle est morte… Sinon, vous ne seriez pas deux ici, tous les deux…

Sans attendre la réponse, elle leur tourna le dos, avec un petit signe de la main les invitant à la suivre à l'intérieur. Elle avait soudain plus froid…

Une bonne odeur de café chaud flottait dans la maison. Un intérieur où le bois était roi. Un plancher de chêne lustré et embelli par les années faisait de l'œil au plafond de mélèze massif, ainsi qu'à deux des murs de la pièce où pierres de taille et pans de bois se mariaient harmonieusement. Fait rare, remarqua Delpiéri, les fenêtres et la porte d'entrée comportaient des volets doubles : ceux de l'extérieur, d'une épaisseur impressionnante, avaient leurs pendants à l'intérieur, en plus légers, pour lutter contre les frimas des hivers rudes de la région. Par temps neigeux, la température extérieure flirtait très souvent avec les deux chiffres en dessous du zéro. Les deux autres murs de la pièce étaient occupés l'un par une énorme cheminée où était installé un foyer fermé de marque nordique, flanquée de chaque côté de deux meubles en mélèze ; l'autre d'une cuisine intégrée moderne et fonctionnelle comprenant un évier taillé dans un bloc de granite.

Paulette les fit asseoir, et se dirigea vers le coin cuisine, d'où elle revint avec une cafetière fumante et odorante qui n'avait rien à voir avec le brouet de la gendarmerie ! Elle apporta également des tasses, versa le précieux liquide... Sans un mot... Toujours silencieuse, elle alla quérir une antique boîte de fer dans laquelle se côtoyaient diverses variétés de sucre... Les deux hommes n'avaient pas vraiment le temps de flâner, mais ils pouvaient difficilement refuser. La vieille dame n'avait pas dit un seul mot depuis sa question-affirmation dans la cour. Elle les observa longuement, à tour de rôle, avant d'articuler :

— Qui ?

Le mot roula sous les solives du plafond, résonnant dans le silence ambiant comme un coup de tonnerre :

— Qui ? répéta-t-elle.

Borland se racla la gorge, remuant son café avec application alors qu'il n'avait pas pris de sucre ! Il avait du mal à parler, une boule au fond de la gorge. L'adjudant vint à son secours. Lui était étranger au village, cela lui était un peu plus facile. Pourtant, il avait horreur d'annoncer le pire aux familles qu'il rencontrait dans ces cas-là ; les termes adéquats ne venaient jamais, il avait chaque fois l'impression d'être totalement ridicule :

— Nous ne le savons pas, madame...

— Paulette ! Vous pouvez m'appeler Paulette...

— On ne sait pas, Paulette, répéta Delpiéri.

— Comment l'avez-vous retrouvée ? Où était-elle ?

En quelques mots, d'une phrase ou deux, ils mirent la vieille dame au courant. Avec tout le tact nécessaire, tout en lui évitant l'horreur de la scène de crime. Ses yeux se mirent à flamboyer :

— Alors... Il vous faut retrouver celui qui a fait une telle chose, dit-elle avec une énergie qu'ils n'auraient pas soupçonnée. Cette petite était la gentillesse même ! Comment a-t-on pu lui faire du mal… Il y a des gens qui ne sont pas dignes d'être humains !

Elle s'interrompit, puis reprit à l'adresse de l'adjudant :

— Ne vous méprenez pas, monsieur l'adjudant… Vous savez, quand la peine de mort a été abolie, j'ai applaudi, j'ai même pleuré de bonheur… Enfin la France sortait de la barbarie ! Mais il y a parfois quelque chose qui dérape : ces foutus assassins ne devraient pas sortir de prison ! Alors, trouvez-le, ou trouvez-les, et envoyez-les derrière les barreaux pour le restant de leur vie ! Trouvez le … salaud qui a privé Carole de son avenir, et enfermez-le jusqu'à ce que le bon dieu, ou le diable, se charge de lui !

Les deux gendarmes, les lèvres dans le café, ne disaient rien. Il n'y avait rien à ajouter…

Paulette s'ébroua brusquement :

— Je suppose que si vous vous êtes déplacés jusque chez mon Jean et moi, c'est pour voir son logement ? Il n'est pas bien grand… Deux pièces. Pas des trop petites, certes, mais seulement deux ! Elle ne voulait pas plus. Mais c'est indépendant, comme ça Carole était tranquille. Elle possédait comme un vrai chez soi. On entre par l'arrière de la maison. Suivez-moi.

Ils ressortirent, longèrent la façade, tournèrent le coin sud. Paulette ouvrit une lourde porte de chêne. Elle expliqua qu'elle avait les clés, parce qu'elle faisait un peu de ménage chez sa locataire, voire déposait dans le frigo quelques petits plats qu'elle lui préparait. Doubles volets, nota de nouveau l'adjudant. Ils entrèrent dans une première pièce servant à la fois de cuisine (équipée) et de lieu de vie : un canapé et une table de travail avec ordinateur portable occupaient l'un des murs. Un poêle de faïence, rare dans cette région, complétait le décor, hormis un grand placard mural, et un téléviseur à écran plat posé sur une table basse.

— Bon, je vous laisse faire votre travail. Si vous avez…

— Surtout pas, la coupa Delpiéri. Il nous faut un témoin durant cette perq… cette visite.

La vieille dame s'assit au bord du canapé, observant silencieusement les deux hommes fureter chez son ancienne locataire.

Pendant que Borland passait en revue le contenu du placard, essentiellement du matériel de cuisine et des provisions, l'adjudant se pencha sur l'ordinateur de la victime. Un portable à grand écran qui se mit à ronronner dès qu'il appuya sur le bouton « marche ». Il apprécia la rapidité de l'appareil : « C'est Isabelle qui serait aux anges avec une telle machine ! » pensa-t-il. Il ouvrit quelques dossiers ; ils n'étaient pas protégés par des mots de passe : des photos, en grand nombre ; une série de quasi reportages sur les vins du Bugey, ce qui était normal vu le travail de Carole ; quelques films, téléchargés ici ou là. Bref ! Rien de répréhensible, et encore moins de douteux…

Il abandonna l'ordinateur. Seul un bon technicien, ou Isabelle, serait en mesure de trouver des fichiers cachés s'il en existait. De son côté, le lieutenant n'avait rien trouvé dans le grand placard mural. Ils passèrent dans la seconde pièce, une grande chambre lumineuse décorée avec soin, où le bois cérusé renvoyait au décor d'une demeure du nord de l'Europe. Un lit recouvert d'une couette et une commode étaient les seuls meubles, à part là aussi un grand placard mural aux portes coulissantes. Les trois tiroirs de la commode ne révélèrent rien de spécial. Le placard contenait du linge en quantité, et une belle collection de chaussures occupait tout le bas. Borland sourit :

— On se croirait chez ma frangine : des pompes dans tous les azimuts ! Tu as quelque chose ?

— Non. Elle semblait être clean. Tu enverras ton technicien, au cas où ?

— Je vais prévenir Donguy. Il a dû terminer dans la cave. Il a d'ailleurs certainement rameuté la cavalerie, avec tout le matériel nécessaire.

Pendant que le lieutenant bipait le gendarme de la scientifique, l'adjudant se tourna vers la propriétaire :

— Paulette, est-ce que Carole recevait beaucoup de monde ici ?

— Non… A part bien sûr de temps en temps un collègue de travail. Parfois des jeunes du village, mais personne d'autre.

— S'absentait-elle quelquefois ? Je veux dire… en dehors de son travail ?

— Durant ses jours de congé, il lui arrivait fréquemment de partir la journée entière en voiture. C'était normal, hein ? C'est pas par ici qu'elle allait trouver l'âme sœur, si tant est qu'elle la cherchait ! A son âge, Marignieu n'avait pas autant d'attrait que Belley ou une autre ville.

— Elle vous en a parlé quelquefois ?

— Jamais. Elle était très discrète sur sa vie privée. Ce que je peux vous dire, c'est que chaque fois, elle était harnachée de tout un attirail photographique.

Les gendarmes avaient en effet remarqué le matériel dans le bas du placard de la pièce à vivre. Cela expliquait aussi les dizaines de dossiers de clichés sur son ordinateur. Isabelle Morel aurait de quoi s'occuper si la procureure les mettait sur cette affaire. L'adjudant n'y tenait pas spécialement, mais ce ne serait pas lui qui déciderait.

— On vérifiera dans sa machine, dit Borland. A priori, n'importe qui a le droit d'occuper ses loisirs à flasher les environs. Bon… Paulette, nous allons retourner chez Angelot. Tu ne laisses entrer personne dans cet appartement. Tout doit rester bouclé pour que mon technicien et l'informaticienne de Delpiéri puissent éventuellement relever des indices.

— Mon dieu ! Tu penses que celui qui l'a…. est venu ici ?

— Possible, si c'est une de ses connaissances… Mais je n'y crois guère… L'enquête le dira. Tu as bien compris : personne n'entre !

La vieille dame opina :

— Pas de problème, mon grand ! Tu peux compter sur moi et Jean. On regarde assez de séries à la télé pour savoir comment ça se passe, va !

Ils reprirent le chemin en direction de la cave :

— Tu connais tout le monde, dans le coin, remarqua Delpiéri.

— Pour sûr ! Je suis né dans ce bled. Nous habitions une maison de pierres tout en haut du village, juste avant les premiers pins.

— Que faisaient tes parents ?

— Mon père travaillait à Belley, au tribunal. Il y en avait un, alors, qui avait largement de quoi faire ; largement de quoi être rentable ! Comme si un tribunal se devait d'être rentable ! Ma mère bossait chez les Angelot, touchant un peu à tout. Elle était en quelque sorte leur femme de confiance, tantôt nounou des mômes, tantôt aide pour les vendanges, et j'en passe. Alors, évidemment, je connais tous les habitants, du moins ceux qui habitaient là à l'époque où j'allais user mes fonds de culottes sur les bancs de l'école.

— M'ouais... fit l'adjudant.

— En effet... Je suis, comment dire, trop impliqué dans la vie de ces gens, pas vrai ?

— Disons que c'est à double tranchant. D'un côté, tu ne peux pas trop les « malmener », mais d'un autre, tu les connais assez pour qu'ils soient en confiance « avec un enfant du pays », ou pour te rendre compte s'ils te mènent en bateau, ou pas.

— C'est pour cela que je suis content que tu sois là...

— Attends, Mathieu. Je me vois mal m'immiscer dans ton enquête...

— Peut-être... Mais tu me vois passer les bracelets à un vieux copain avec qui j'aurais fait les quatre cents coups dans notre jeunesse ?

— Ah bon... Parce que...

— Ben tiens ! L'Eric Angelot, son frère Philippe, Viguier ou encore Nouvel, ils pourraient t'en raconter des... conneries ! Pas des trucs méchants, mais qui ont fait causer certains à ce moment-là !

— Je m'en doute... J'en connais d'ailleurs un autre, qui n'a rien à t'envier !

Vendredi – 11 heures 40

Ils étaient revenus aux abords du cellier, en haut du raidillon qui y menait. De plus en plus de visiteurs arrivaient et envahissaient le domaine, à la recherche de leur vin préféré. L'adjudant repéra un véhicule garé de guingois devant la voiture de Borland, la bloquant totalement :

— Quel est le gougnafier qui a posé son tas de ferraille ainsi ? s'exclama le lieutenant.

— ... ou la gougnafière... corrigea son ami en voyant apparaître à leur côté la procureure Delmonod, un verre dans une main, un canapé au pâté de campagne dans l'autre :

— Bonjour, messieurs... Je ne vous serre pas la main, les miennes sont occupées. C'est délicieux, ces petites choses. On devrait se laisser aller plus souvent...

— Madame la Procureure, questionna l'adjudant... Vous êtes ici par le plus grand des hasards, ou bien... ?

— Delpiéri ! Vous me peinez ! Quand le lieutenant Borland a appelé mes services pour signaler un crime viticole dans un endroit où vous vous trouviez, j'ai sauté dans ma voiture de ... gougnafier ... pour venir constater de visu !

— Pourquoi tu ne m'as rien dit, toi ? grogna le gendarme à l'adresse de Borland.

— Sur mon ordre, adjudant, sur mon ordre. Je devais voir de quoi il retourne, tout bêtement. Vos enquêtes me sortent d'un train-train morose, à traiter toutes les affaires de chiens écrasés du département... Aujourd'hui, j'en viendrais presque à remercier la ministre de la justice qui a supprimé le substitut de Belley...

— Là, vous blasphémez, madame la Procureure !

— Si vous le dîtes... On a quoi, au juste ? Je n'ai rien constaté pour l'instant...

Les frères Angelot, qui les avaient aperçus dans la foule, vinrent à leur rencontre. Ils avaient repris un peu de couleur, semblaient plus détendus, même si intérieurement, ils étaient toujours sous le choc.

— Tout est sous contrôle, annonça Eric. Personne ne se doute de rien. Le coup de la cuve qui fuit et qu'il faut transvaser en urgence marche parfaitement. Sauf qu'il faudra trouver autre chose pour demain...

— Demain, le rassura Delmonod, le corps ne sera plus là. Je vais le faire enlever rapidement pour l'autopsie. De leur côté, les techniciens auront fini leur travail avant midi.

— Sans doute... Mais nous n'ouvrirons pas cette partie du domaine au public, par respect pour Carole, dit Philippe Angelot.

— Parfait, c'est tout à votre honneur, apprécia la magistrate. On y va, messieurs ?

— Pour ce qui est de la suite des Portes Ouvertes ? risqua Eric Angelot.

— Vous pourrez continuer votre opération, rétorqua la procureure. Si le meurtrier a laissé des indices là où navigue tout ce beau monde, nous ne perdrons même pas notre temps à les chercher ! Tout a été détruit par la foule présente. Reste la cave à passer au peigne fin... Ainsi que la vie privée de la jeune femme, ses fréquentations, enfin... tout et le reste ! C'est là le travail de ces messieurs !

Ils avaient atteint la partie de la cave où la cuve avait fini d'être vidée, autour de laquelle s'activaient maintenant les pompiers. Le couvercle du haut avait été entièrement démonté, le panneau flottant de métal reposait à côté, contre le mur. Un des pompiers, masqué à cause des vapeurs d'alcool bien présentes, descendit à l'intérieur du cylindre en inox. Perché sur l'échelle extérieure, le brigadier Donguy prenait cliché sur cliché. Ses collègues techniciens venaient de débarquer et prenaient possession des lieux. Ils mettraient tout le monde dehors dès que la dépouille aurait été évacuée.

Le corps de la jeune femme était recroquevillé contre la paroi de la cuve, dans une position quasi fœtale. Debout sur une seconde échelle, celle-là bien arrimée, un autre pompier fit passer à son collègue une civière d'aluminium, dans l'exiguïté de la cuve, sur laquelle le premier eut bien du mal à transférer le cadavre de Carole Grandin, puis à l'arrimer fortement. Lentement, il fit remonter la civière et son macabre fardeau, qui oscilla un instant au sommet du cylindre, puis glissa lentement vers le sol, soutenue par les autres hommes du feu.

Dans le silence respectueux, on n'entendait que les sons du matériel des pompiers, les raclements de l'aluminium contre le béton, les stridulations du métal contre le métal. Les employés qui embouteillaient le vin tout près de là avaient cessé le travail pour se rapprocher et se recueillir devant la dépouille de celle qui avait présidé aux destinées du nectar qui les faisait vivre tous. Quelques reniflements discrets perçaient parfois le silence.

Arrivé en toute hâte de l'hôpital de Belley où il faisait office de médecin légiste, le docteur Antoine Lémani s'approcha pour effectuer les constatations d'usage. Il palpa le corps, ausculta les parties non recouvertes par les vêtements, le retourna, avant de déclarer :

— Pas de doute, madame la Procureure, la victime a bel et bien été assassinée, si on pouvait en douter encore. Voyez… là, à la base du crâne : cette tache plus sombre, presque invisible sous la coloration due aux tanins du vin. C'est la marque d'un coup porté par derrière, à l'aide d'un gourdin ou autre instrument du même genre. L'ecchymose a eu le temps de s'étendre, juste avant la mort. Celui qui a fait ça a très certainement poussé ensuite la victime dans la cuve. Je ne peux pas vous certifier si elle était déjà morte quand on l'a jetée là-dedans ; l'autopsie le dira. Je ne vois pas d'autres traces de coups, mais cela demande aussi à être confirmé. Par contre, le tueur est probablement quelqu'un de costaud : monter un corps inerte le long d'une échelle demande une certaine musculature. Un corps mort… excusez le terme… est beaucoup plus difficile à déplacer, justement parce qu'il se laisse aller…

— Une question, docteur, dit l'adjudant. Un noyé ne remonte-t-il pas à la surface au bout d'un certain temps ? Si la victime est là-dedans depuis plusieurs jours…

— Dans de l'eau, les gaz dégagés par la décomposition des tissus font en effet remonter le corps en surface. Ici, nous sommes en présence d'alcool, qui a ralenti ce processus. De plus, le corps s'est semble-t-il coincé dans le bas de la cuve.

— Elle avait un bloc de métal passé autour du cou, et retenu par une ficelle, intervint le pompier qui était descendu à l'intérieur. Je l'ai remonté également.

— Qui va se charger de l'autopsie ? demanda Lémani. A Belley, je n'ai pas le matériel nécessaire...

— Lorrain, répondit Delmonod. Il est au courant. Je vais de suite faire évacuer la dépouille par les pompiers.

— Parfait ! Il fera parler le corps, sans aucun doute...

— Messieurs, continua la magistrate, c'est à vous de jouer !

— Il y a un petit problème, madame, intervint Borland.

— Dîtes voir.

— Eh bien... Je suis né ici, je connais tout le monde. Tous les plus de trente ans me tutoient. De là à me trouver trop impliqué, il n'y a qu'un...

— Du calme, Borland, coupa la procureure. Je vous adjoins Delpiéri et son équipe de choc ! Ou du moins ceux de votre troupe que vous voudrez bien faire venir ! Vous êtes deux sur place, alors vous allez me boucler cette enquête tambour battant. Nous sommes vendredi... Si vous pouviez avoir des pistes avant la fin des Portes Ouvertes de la maison Angelot, ce serait parfait !

— Madame la Procureure, demanda l'adjudant, la présence d'Isabelle Morel serait nécessaire, pour ses talents informatiques. L'ordinateur de la victime est bourré de dossiers dans lesquels il faudra se plonger.

— Elle est en route... avec une voiture de votre brigade. Cela lui évitera les procès verbaux pour excès de vitesse. Je connais sa manière de piloter !

— Mais... ???

— Je sais que vous ne pouvez pas vous passez des services de cette petite !

Elle ne lui laissa pas le temps de rétorquer quoi que ce soit. Hélant le lieutenant, elle continua :

— Vous avez combien d'hommes sur place ?

— Je me suis déplacé avec trois hommes. Mais Donguy va sûrement repartir avec ses collègues. Il ne sera pas de trop pour les analyses.

— Avec Delpiéri, cela fait tout de même quatre. Plus Isabelle... C'est parfait. Si l'affaire se complique, on avisera. Voyez avec les frères Angelot, qu'ils vous trouvent une pièce assez retirée qui vous servira de bureau. Vous interrogez tous les employés, ils ont tous côtoyé Carole Grandin. Vous collectez tout sur sa vie, ses amis, ses relations, sa manière de travailler, ses déménagements successifs, ses amants si elle en avait, je veux tout, même ses goûts en matière de bouffe !... Une femme ne meurt pas assassinée dans de telles conditions sans raison ! Un homme non plus d'ailleurs...Je suis joignable à tout instant sur mon portable. Pour le moment, je dois vous laisser, une affaire de la plus haute importance au tribunal de Bourg. Dans la foulée je passe au bureau du juge Berger, pour lui diligenter l'enquête, il adore instruire avec vous sur le terrain...

Vendredi – 12 heures 15

Ce fut Philippe Angelot qui libéra son bureau pour que les enquêteurs s'y installent. Il était en effet plus à l'écart du va et vient. Ils seraient ainsi plus tranquilles pour mener leurs interrogatoires et y établir leur PC de l'enquête. Il n'était en effet pas question de multiplier les trajets jusqu'à Bourg. Les employés défilèrent l'un après l'autre, le plus discrètement possible, selon les recommandations des deux viticulteurs. Peu à peu, Borland et Delpiéri purent se faire une idée assez précise de la jeune femme.

Carole Grandin avait vu le jour près de Bourgoin, dans le département de l'Isère. Sa famille, installée là depuis des lustres, tenait la plus importante librairie de la ville, qui faisait également office de maison de la presse. Ses parents s'étaient plus tard installés à Virieu le Grand, son père ayant trouvé une place à la poste de la ville. Avant cet emménagement, la fillette avait fréquenté une des écoles primaires de Bourgoin, puis le collège. Bonne élève, elle avait ensuite rejoint le lycée, à Grenoble. Après avoir suivi la filière littéraire, décroché le bac avec une mention, elle s'était inscrite en Fac, également en filière littéraire. Au bout de quelques mois, elle avait brusquement tout laissé en plan, pour se lancer dans l'œnologie. Personne n'avait compris ce choix étrange. La région n'était pas fournie en vignobles, à part ceux du Bugey et de Savoie, pas dans la région immédiate où elle avait grandi. De plus, personne, dans sa famille, n'avait d'attache avec le monde du vin... A force de travail, elle avait pu intégrer une prestigieuse école d'œnologie de la région bordelaise, où se pratiquait cependant une sélection rigoureuse à l'entrée. Là, durant deux années de travail intensif, elle avait impressionné ses maîtres, jusqu'à se voir proposer des places dans les meilleurs châteaux. Un stupide accident de voiture la priva de ses parents juste avant l'obtention de son diplôme. Elle se retrouva donc libre d'accepter une des offres alléchante qu'on lui présenta. Contre toute attente, elle avait préféré revenir dans sa région natale. Bourgoin n'étant pas une région viticole, elle avait opté pour le Bugey, alors en pleine effervescence pour obtenir une Appellation l'Origine Protégée. Le travail était long et difficile, on n'obtient pas une AOC, ou une AOP, en claquant simplement des doigts ! Au décès de son grand-père, elle vendit la librairie familiale qui lui rapporta assez de subsides pour qu'elle puisse quelque temps s'investir à titre personnel dans cette bataille ardue. Elle navigua ainsi de vignoble en vignoble, se faisant lentement connaître. Ce n'était pas facile pour une femme de s'intégrer dans un monde dominé par les hommes, dont certains ne voyaient pas son arrivée d'un bon œil. Mais ses compétences, son expérience chaque jour plus solide la firent accepter par tous. Elle finit par se faire un nom, et oeuvra au sein du Syndicat des Vins du Bugey pour monter les dossiers en vue de l'obtention de cette fameuse AOP.

— Comme président du Syndicat, j'avais pu la cerner, et me rendre compte de son sérieux et surtout de son potentiel en devenir, continua Eric Angelot. Après une rapide discussion avec mon frère, il nous sembla intéressant de l'intégrer à notre équipe, comme elle nous l'avait proposé, surtout qu'Alain Carnioux, un des piliers de la maison, s'apprêtait à prendre une retraite bien méritée. Cela ne lui fut pas difficile de se sentir à l'aise dans le groupe. Il nous fallut peu de temps pour lui faire comprendre que dans ce métier il faut faire partie d'une équipe pour vraiment réussir. Un moment, bien avant son embauche, on avait d'ailleurs cru qu'elle voulait s'installer en acquérant un vignoble. Elle a éclaté de rire quand nous lui en avons parlé. C'est d'ailleurs ce qui l'a peut-être incitée à nous rejoindre à Marignieu.

— Elle est venue se proposer pour bosser pour ton frère et toi d'un coup, comme ça, alors qu'elle avait toujours refusé auparavant toutes les propositions que les uns et les autres lui avaient faites ? s'étonna le lieutenant.

— Absolument. Je ne peux vous dire pourquoi, mais c'est ainsi. D'ailleurs, on n'a jamais eu à se plaindre de l'avoir recrutée.

— Cela fait combien de temps ? demanda l'adjudant.

— Presque quatre ans. Elle nous a déposé sa candidature à peu près un mois après notre opération Portes Ouvertes de 2009. Et je peux vous dire qu'elle a abattu un boulot monstre. Elle a su bonifier les vins rouges en leur apportant la touche nécessaire qui les transforma en grands vins. Certains jours, mon frère et moi nous sommes sentis dépassés par cette gamine de vingt cinq ans. Elle avait un talent inné pour ce métier qui est loin d'être évident.

— Cela devait faire bien des envieux dans la zone Bugey, j'imagine, glissa Borland.

— Bien sûr ! Mais bon, c'est ainsi, dans le métier : il faut tomber sur la bonne personne au bon moment. Elle aurait tout aussi bien pu être embauchée dans un autre vignoble que le nôtre…

— Tu n'as jamais entendu de collègues vignerons avoir des propos... disons...

— Stop, Mathieu, coupa Eric Angelot. Certes, on est tous en compétition, mais jamais au point de s'en prendre à l'intégrité des gens. Je t'affirme ici que ce ne peut pas être un vigneron qui a fait le coup. Tu fais fausse route si tu penses une connerie pareille !

— On ne fait que notre travail, expliqua Delpiéri. Nous devons tout envisager...

— Je suis donc moi aussi suspect ?

— Non, pas du tout. Vu ce que Carole Grandin a fait de votre vin, il aurait fallu être fou pour s'en séparer !

Vendredi – 12 heures 30

Eric Angelot laissa les deux enquêteurs à leurs interrogatoires, et reprit le chemin du grand hall du caveau, qui ne désemplissait aucunement, malgré l'heure du repas qui approchait.

Au fur et à mesure des entrevues avec les employés, ils ne purent que se rendre compte que l'œnologue semblait parfaite en tous points. Que cela soit dans son travail, ils n'en doutèrent pas, connaissant le niveau d'exigence de la maison. Mais tous la décrivaient également bien sous tous rapports dans sa vie en dehors de l'entreprise. Pas un seul pas de travers connu, pas d'histoire sentimentale à rapporter, pas la moindre anicroche avec les collègues, rien qui aurait pu inciter quelqu'un à lui en vouloir... Carole était aimable avec tout le monde, épanouie dans la vie comme dans son job.

Finalement, au bout d'une grande heure d'auditions, Delpiéri se renversa sur sa chaise, les mains croisées derrière la tête :

— La perle rare, si on en croit tous ces gens !

— Tu ne trouves pas ça un peu... excessif ?

— Pas un mot plus haut que l'autre, pas un seul reproche, même les patrons sont admiratifs !

— Il va nous falloir creuser, c'est presque trop beau pour être honnête, conclut Borland en se levant et en s'étirant. Allons nous dégourdir les jambes...

Ils abandonnèrent le bureau, pour retourner dans le brouhaha du grand hall. Ils purent assister à l'inauguration de ces quatre jours de fête. Tout le gratin du canton, et même de l'arrondissement avait fait le déplacement, de la sphère politique comme du monde des affaires. Le lieutenant désigna à son ami des têtes connues, parfois accompagnées de compagnes qui n'étaient pas forcément légitimes ! Cela fit sourire l'adjudant :

— Sur ce point-là, au moins, le Bugey et la Bresse se ressemblent !

Ils déambulèrent dans la salle, serrant quelques mains ici et là. De loin, Philippe Angelot leur fit signe de venir du bon côté du buffet :

— Allez-y, les amis. Vous devez commencer à avoir un petit creux, non ? Je vous conseille les pâtés en bout de table, ils sont à tomber par terre. Quant aux vins, vous avez le choix...

— Holà, s'exclama Borland. Serait-ce une tentative de corruption de fonctionnaires dans l'exercice de leurs fonctions ?

— Même pas ! Nous tenons juste que vous soyez en forme pour mettre la main sur l'enfoiré qui a fait ça. Du nouveau ?

— On a juste causé avec ton personnel, répondit le lieutenant. Il en ressort que Carole semblait parfaite en tous points...

Le viticulteur les attira un peu à l'écart, loin des oreilles indiscrètes :

— Si vous voulez tout savoir, cela m'a posé un problème, au début, quand nous l'avons embauchée. Vous imaginez bien qu'Eric et moi avons enquêté sur la demoiselle. Du côté de Bourgoin, rien ; la famille était clean, amie avec beaucoup de bergusiens connus, comme Frédéric Dard. Pas moins ! A part le père de Carole, ils étaient dans la librairie, depuis des générations. On peut comprendre leurs nombreux amis connus. Ce qui m'a gêné c'est que Carole ait brusquement tout laissé tomber pour se lancer dans le vin. J'ai fait marcher mes réseaux, comme on dit de nos jours. En vain. On peut dire qu'elle s'est lancée là-dedans sur un coup de tête. Nous avons aussi appelé l'école de Bordeaux dont le directeur nous a confirmé son excellente scolarité au sein de son établissement. Il déplorait qu'elle n'ait pas donné suite aux propositions des châteaux de chez eux. Elle a quand même envoyé promener les plus grands crûs classés qui voulaient la recruter…

— Donc, tu n'as rien à lui reprocher, toi non plus ?

— Rien de rien. La perle rare… Sa mort violente me choque énormément, c'est sûr qu'il sera difficile de jouer à aller bien, aujourd'hui et les trois prochains jours, surtout quand cela va sortir dans les journaux ! Sans évoquer son remplacement qui va nous poser un réel problème. Les prochaines cuvées vont sans doute en prendre un coup !

— Elle n'a pas noté ce qu'elle mettait en pratique ?

— Pas entièrement à notre connaissance, intervint Eric Angelot qui s'était rapproché. A moins que cela soit à son appartement… Bien sûr, on a travaillé ensemble, mais elle aimait ajouter une pointe de mystère aux expériences qu'elle a menées.

— Si on trouve, promit le lieutenant, on te fera passer les documents.

— Ce serait une excellente nouvelle, au milieu de ce merdier ! assura le viticulteur. A propos, adjudant, votre collègue vient d'arriver. Elle voulait fouiller séance tenante l'ordinateur de Carole, je l'ai donc aiguillée chez Jean et Paulette.

Englouti par quelques clients pressés, il ne put continuer et se perdit de nouveau dans la foule. Borland se pencha vers Delpiéri :

— Elle me paraît de plus en plus bizarre, cette petite œnologue. Elle était trop lisse… On a tous un truc ou deux à se reprocher, des banalités ou des manies que nos amis, nos proches, ou nos voisins ont remarquées. Là, rien de chez rien.

L'adjudant opina :

— Tellement lisse que ses employeurs eux-mêmes ont commencé par se poser des questions… Si quelqu'un l'a envoyée ad patres, c'est qu'il avait une raison valable de le faire, du moins à ses yeux de meurtrier, je ne cautionne pas, évidemment… A nous de découvrir cette raison… Pour autant, cela ne veut pas dire qu'elle faisait des cachotteries dans ses relations. Personne n'est tenu de raconter sa vie personnelle à ses amis ou ses patrons, et c'est très bien ainsi. C'est peut-être tout simplement un crime de rôdeur…

Le lieutenant posa son verre :

— Ton estomac pourra-t-il faire une pause, de façon à aller de nouveau fouiller l'appartement de Carole ? On est peut-être passé à côté de quelque chose…

— Allons-y. Le pâté de chevreuil sera toujours là à notre retour… Et puis, j'aimerais bien savoir ce que mon as de l'informatique va tirer du portable…

Vendredi – 13 heures 25

Paulette Rouvier avait refait du café, et sorti une boîte à biscuits… Une de ces boîtes d'antan, en fer blanc, décorée de motifs vieillots mais attachants. Elle saisit les regards intéressés des deux gendarmes :

— Une rareté cette chose-là, expliqua-t-elle. C'est peut-être le dernier exemplaire existant d'une série à la gloire du vin de chez nous. Du temps où tout le monde se fichait royalement de nos productions… Seuls quelques vieux fous y croyaient à l'époque.

Jean Rouvier, qui était revenu du caveau Angelot, intervint :

— Paulette… Tu crois pas qu'ils s'en fichent un peu de tes histoires de casseroles ?

Borland sourit :

— Pas du tout, Jean. Tu sais bien que je suis attaché à cette région…

— Ouais, mon gars, je le sais, mais t'as p't'êt' ben d'autres chats à fouetter aujourd'hui !

Le vieil homme avait les yeux humides. Il renifla discrètement avant de se lever pour leur serrer la main :

— Tu comprends, Mathieu, elle était comme la fille qu'on aurait voulu avoir. Toujours le sourire, le mot pour faire plaisir. Une belle petite demoiselle, va. Il a fallu qu'un saligaud croise son chemin...

— On l'aura, Jean, on l'aura...

Sa femme avait servi le café fumant. Les deux gendarmes le sirotèrent en silence. Seul le tic-tac de la pendule emplissait la pièce. Une fois terminé, ils allèrent jusqu'au logement de la victime.

Isabelle Morel pianotait sur l'ordinateur portable quand ils entrèrent :

— Ah, salut, toi, fit-elle à l'adresse de l'adjudant qui lui présenta son collègue et ami :

— Ainsi, c'est donc vous la perle rare, fit le lieutenant en lui serrant la main. Le célèbre brigadier Morel qui fait passer à table le plus récalcitrant des ordinateurs !

— Plutôt « la » brigadière, répondit-elle avec un clin d'œil.

— Et féministe, avec ça !

— Pas vraiment, mon lieutenant. J'aime aussi jouer les minettes quand j'en ai l'occasion ! Même si cela ne se voit pas aujourd'hui !

La jeune femme avait en effet endossé sa tenue de gendarme en civil, sur les conseils de la procureure : un pull difforme dans lequel elle flottait et un jean délavé assorti de quelques trous aux genoux et aux ourlets effilochés.

— De toutes façons, nous ne sommes pas là pour un défilé de mode, fit l'adjudant. Tu en es où avec cette bécane ?

— Bof ! répondit Isabelle. Je n'avance pas. C'est une machine haut de gamme, avec un disque dur à faire pâlir pas mal d'informaticiens. Et sur lequel on a un matos d'enfer en termes de logiciels. Je peux néanmoins affirmer que la brave dame avait le sens du classement. Il y a ainsi plusieurs partitions...

— Parle français, s'il te plaît !

— OK ! C'est vrai qu'entre Nicolas Delpiéri et la chose informatique, il y a comme une incompatibilité... Je veux juste dire qu'elle a cloisonné son disque dur en trois parties distinctes. La première renferme tous les fichiers d'exploitation de la bécane, et les divers logiciels installés ; la seconde contient tout ce qui a trait à la cave et au domaine viticole où elle exerçait son art, donc le cellier Angelot, y compris quelques données confidentielles regroupées dans un fichier spécial auquel on a accès grâce à un mot de passe ; enfin, la dernière part du gâteau, de loin la plus importante, recèle plusieurs centaines de dossiers, photographiques pour la plupart. Ce sont essentiellement des reportages sur toute la région, identifiés, classés, étiquetés. Chacun d'eux contient de quelques dizaines à plusieurs centaines de photos. Certaines photos sont remarquables. Quand Carole Grandin flashait un lieu, elle le faisait à fond, jusque dans les détails les plus infimes.

— C'est tout ?

— Bien sûr que non ! Tu me connais ! J'ai gardé le meilleur pour la fin, la petite cerise sur le gâteau, la douce liqueur qui permet une bonne digestion...

— Isabelle !

— Une dizaine de fichiers ne sont pas identifiés par ce qu'ils contiennent, mais seulement numérotés de 1 à 10. Chacun contient moins de photos que les autres. Elles sont moins bien léchées, comme si elle les avait prises à la va-vite....

— Elles représentent ?

— Impossible à dire, je n'ai trouvé que les numéros des clichés donnés par l'appareil photo. Ce sont des endroits bizarres, pas vraiment intéressants. Des bâtiments plus ou moins délabrés, voire des champs en friche. Là, il n'y a malheureusement pas de nom, ni coordonnées géographiques. Elle devait savoir où tout cela se situait, pour ne rien spécifier.

— Il n'y a vraiment aucune piste pour retrouver les lieux où ont été prises ces clichés ? demanda Borland.

— Non. Désolée... A moins que d'autres fichiers, ceux qui nécessitent un mot de passe, nous mettent sur une piste...

— Aurait-elle mis le doigt sur une histoire louche ? demanda encore le lieutenant.

— J'ai autre chose, continua la jeune femme. J'ai visionné au hasard quelques-uns des albums photographiques, parmi ceux qui sont identifiés. Une jeune femme semble revenir assez souvent. Grande, brune, la petite trentaine.

— Tu peux nous montrer tout ça ?

Morel pianota sur le clavier du portable de Carole Grandin. Elle fit défiler quelques-unes des photos qu'elle qualifia de « normales », puis d'autres, issues des fichiers numérotés. La différence de traitement des images sauta aux yeux des deux hommes pourtant pas spécialistes en la matière. D'un côté, on sentait une réelle volonté de produire de beaux clichés, cadrés, composés, réfléchis ; alors que de l'autre, ce n'étaient que des photos rapides, presque des instantanés, mal cadrées, parfois floues, voire bancales, comme si elles avaient été volées dans une zone interdite ! Puis, Isabelle fit apparaître le visage de l'inconnue, une belle femme paraissant heureuse de vivre, qui souriait à l'objectif sans retenue.

Delpiéri sortit de la pièce, revenant une poignée de secondes plus tard, les époux Rouvier sur les talons :

— Avez-vous déjà vu cette personne dans les parages ? Est-elle venue rendre visite à Carole ? demanda-t-il.

— Jamais ! répondit Paulette, après un coup d'œil sur l'écran. Qui est-ce, cette belle plante ?

— Moi non plus... confirma Jean Rouvier.

Paulette rebroussa chemin, elle avait un bœuf bourguignon odorant sur le feu. Les gendarmes se replongeaient dans les photos, quand un bruit de moteur se fit entendre à l'extérieur. Une voiture arrivait, décélérant pour finalement se garer près du portail. Borland alla à la fenêtre qui permettait d'apercevoir une portion de la route devant la maison :

— Une Twingo, dit-il.

La petite voiture était d'un rouge vif agressif qui étincelait au soleil... Elle s'arrêta le long de la bande herbeuse devant la maison. Une femme en descendit...

— Elle vient par ici... Nom de dieu ! s'écria le lieutenant. C'est la donzelle sur l'écran !

Au dehors, l'inconnue venait d'apercevoir le visage du gendarme collé au carreau, et probablement d'entendre son cri. L'uniforme, puisque Borland était en service, la figea et lui fit froncer les sourcils. Brusquement, elle fit demi-tour.

— Elle se barre ! hurla-t-il.

Delpiéri avait bondi, le lieutenant sur les talons. Ils filèrent vers la cour, arrivèrent près du portail alors que le moteur se mettait à rugir. Il y eut une giclée de gravillons, dans un hurlement de pistons malmenés. Le temps qu'ils se retrouvent au beau milieu de la départementale, la Twingo était déjà loin, tache rouge désormais inaccessible, après avoir viré au premier embranchement.

— T'as le numéro ? cria Borland.

— Même pas ! On s'est fait avoir comme deux jeunes couillons !

Ils enrageaient. Si cette femme avait pris la peine de venir jusqu'ici, alors que Paulette Rouvier avait été catégorique en disant qu'elle ne l'avait jamais vue, c'est qu'elle n'avait plus de nouvelles de Carole. Qui était-elle ? Un membre de sa famille ? Pourquoi alors la cacher, car c'est de cela qu'il s'agissait : en quatre ans, la conductrice la petite voiture n'avait pas mis les pieds à Marignieu, tandis qu'elle figurait sur nombre de clichés dans les dossiers de la jeune œnologue. Une amie ? Certainement. Mais pourquoi s'enfuir ainsi ? Peu à peu, une idée faisait son chemin dans l'esprit de l'adjudant. Il en toucha un mot au lieutenant, qui sourit tout en disant :

— Et alors ? On ne tue plus pour cela, de nos jours !

— Pas si sûr ! asséna Morel qui avait entendu. Rappelez-vous la polémique de ce début d'année. Si nos deux nénettes se fréquentaient d'un peu trop près, rien ne prouve qu'on ne les ait pas menacées.

Delpiéri ne releva pas. Si l'enquête devait bifurquer dans cette direction, il prévoyait déjà des difficultés en nombre. Isabelle se replongea dans l'écran de l'ordinateur. Elle savait par expérience qu'il ne fallait surtout pas prononcer le mot de trop quand le « patron » venait d'essuyer un échec. Et là, pour le coup, c'en était un joli ! On ne reverrait pas de sitôt la belle inconnue pointer de nouveau son nez au pays du vin !

Elle émit soudain un long sifflement, ponctué d'un juron bien senti :

— Du nouveau ? questionna Delpiéri.

— Un peu mon n'veu ! La boîte mail ne regorge pas de messages dignes d'intérêt, à part sans doute celui-ci. Regardez ! C'est une vue de Belley.

Elle agrandit l'image jointe au corps du message. L'image représentait une carte postale de la ville de Belley, scannée. Une vue prise d'hélicoptère, banale photo pour vacanciers. Au dessous de la dite carte, le dessin d'un cœur, figuré à l'aide de petites fleurs multicolores, au milieu duquel l'envoyeur avait inscrit : « Bon anniversaire, mon ange ». En bas du document, une signature : « Ta Laura ».

— Tu crois que c'est la minette à la Twingo ? risqua Isabelle.

— Peut-être… Il y a en tous cas de grandes chances. N'ayant plus de nouvelles de son amie, par mail ou par téléphone, elle a fini par débarquer. Elle s'est enfuie sans doute par peur…

— On finira par la retrouver, dit le lieutenant. Belley n'est pas si grand que ça. Elle a forcément des voisins, des connaissances, qui la reconnaîtront. Elle doit bien faire ses courses quelque part.

— Tu comptes faire le tour des popotes de toute la ville ?

— S'il le faut, pourquoi pas ?

Vendredi – 13 heures 55

André Rollat, resté parmi la foule des invités et autres visiteurs attirés par la campagne de promotion mise en place par la maison Angelot, déambulait au gré des têtes connues qu'il saluait ici ou là. Il n'en laissait pas moins traîner une oreille indiscrète, surtout près des groupes qui semblaient discuter moins fort que d'autres.

Il n'apprit pas grand'chose dans un premier temps. Quelques nouvelles croustillantes sur les vies privées de certains, ou des renseignements sur tel ou tel élu... Jusqu'au moment où il vit un confrère à lui, posté au bout d'un stand proposant de la charcuterie locale, le nez dans son verre, le regard perdu dans la structure du toit de la grande salle. Il s'approcha, ayant reconnu l'individu :

— Jean-Paul ? Comment vas-tu ?

L'autre se retourna d'un bloc, visiblement surpris :

— André ! Si je m'attendais à te voir dans notre bon vieux Bugey ! Quel bon vent ?

— Je suis ici avec un copain gendarme...

— Toi, tu as un pote dans la gendarmerie ? Anar comme tu es ? Cela ne pose pas de problème ? Il te supporte ?

— Oui, absolument ! Tu dois d'ailleurs le connaître : Delpiéri ?

Le dénommé Jean-Paul hocha la tête en signe d'appréciation :

— Bravo à toi. Je suppose que tu as une quelconque exclu sur ses enquêtes ?

— On peut dire ça... Et toi, qu'est-ce que tu deviens ?

— Moi ? Toujours au Journal du Bugey... J'ai été invité par les Angelot pour couvrir leur manifestation, comme chaque année.

André Rollat et Jean-Paul Ravinet s'étaient connus à l'école de journalisme, quelques années en arrière. Ils avaient d'ailleurs failli se faire exclure pour insubordination.

Ils faisaient en effet partie d'un petit groupe revendiquant une indépendance totale de la presse vis-à-vis des politiques et d'autres groupements exerçant des pressions diverses et variées sur les médias... Quelque peu rentrés dans le rang à la suite de cet épisode, ils avaient fait profil bas jusqu'à l'obtention de leur diplôme, tout en se promettant de résister au cours de leurs carrières respectives. Ce qui leur avait à peu près réussi...

Ils trinquèrent à leurs retrouvailles, et Dédé finit par demander :

— Tu étais sur un coup, là ?

— Un coup ? Quel coup ?

— Hey, mec, je te connais assez pour ne m'être pas trompé en te voyant, absorbé dans la contemplation de ton verre, le toast en suspens entre table et lèvres, en train de compter les solives... Tout indique que tu es sur une piste...

— C'est bien parce qu'on se connaît et que je sais que tu ne me torpilleras pas ! L'œnologue de la maison a disparu !

— Tu dérailles ?

— Pas du tout ! J'ai surpris par hasard une conversation téléphonique, où il était justement question de son absence...

— Entre qui et qui ?

— Peu importe ! Il y aurait près d'une semaine qu'elle n'a pas donné signe de vie.

— Ah bon ! Et alors ?

— Tu te fiches de moi ? En pleine Portes Ouvertes, alors que sonne son heure de gloire, elle fout le camp ? Tu trouves que c'est logique ?

— Non... Mais il y a sans doute une explication logique...

— Dédé ? Tu ne serais pas en train de me cacher quelque chose ? Ton gendarme est-il là sur invitation, ou pour exercer son travail ? Cela expliquerait également la présence du lieutenant Borland... Et accessoirement de la procureure de la République, que j'ai aperçue tout à l'heure.

Sans oublier les fourgons de la gendarmerie de Belley, les pompiers et même le docteur Lémani... Tout ce déploiement en même temps ! Tu me prends vraiment pour un bleu ! Et ne me dis pas qu'ils s'étaient donnés le mot pour venir se gaver de vin fin en même temps !

« Et merde ! » jura intérieurement Rollat. « Comment me sortir de ce guêpier ? » Il se sentait coincé : Jean Paul Ravinet avait l'habitude des situations difficiles. Il ne lâcherait pas prise s'il sentait qu'il avait peut-être raison. Ne voulant pas être pris en faute par son ami, Dédé tenta une dernière pirouette :

— Mon vieux, sache que Delpiéri est amateur de vin du Bugey. On est là pour faire le plein de nos caves respectives ! Si on lui demande un coup de main, je ne sais même pas s'il acceptera. Il a une affaire en cours en Bresse ; une bande de vieux qui sont éliminés les uns après les autres par un mystérieux archer moyenâgeux pour des raisons fort obscures... Le lieutenant Borland est un pote à lui... Quant aux autres, je ne les ai pas vus...

L'autre allait répliquer, quand Pierre Viguier vint à leur rencontre :

— Vous avez vu Borland, ou l'adjudant ?

— Pas vraiment... Je pensais qu'ils se trouvaient toujours en votre compagnie pour finaliser leur commande ? répondit Rollat.

Il avait tourné le dos à Ravinet, faisant force mimiques à l'homme de confiance des viticulteurs. En vain, Viguier continua :

— Je doute qu'ils aient le temps d'y penser avec ces évènements. Je voulais juste savoir si on peut reprendre correctement le boulot en bas.

Puis, reconnaissant le journaliste belleysan :

— Tiens ! Salut Jean Paul. Alors, toi aussi t'es au courant ?

Le genre de phrase à ne jamais dire à Ravinet, qui flaira aussitôt l'embrouille. Sans en rien laisser paraître, il répliqua en haussant les épaules, jouant le tout pour le tout :

— Eh oui, mon vieux Pierre. Si c'est pas malheureux... Qui aurait pu imaginer une telle histoire ?

Rollat ferma les yeux : c'était foutu... L'autre avait joué finement, et Viguier tomba effectivement dans le panneau, murmurant à la limite de l'inaudible :

— Ouais... Pauvre Carole... Si jeune... Il y a vraiment des salauds sur cette planète !

Il les planta là, retournant au sous-sol, diriger la mise en bouteilles du précieux liquide, dont on voyait sans arrêt des cartons

traverser le hall pour aller se ranger dans les coffres des voitures garées un peu partout à l'extérieur.

Jean Paul Ravinet planta son regard dans celui de Rollat :

— Tu comptais garder l'info pour toi tout seul, c'est ça ?

— Pas du tout... J'ai tout simplement des ordres de la maréchaussée. Pas plus compliqué !

— Si j'ai bien compris, Carole est passée de vie à trépas, hein ?

Silence obstiné de Dédé.

— Tu sais, je peux lancer l'info dès cet après-midi sur la radio où j'ai l'habitude d'intervenir en plus de mon Journal. Et cela risquerait de faire du bruit, crois-moi ! Elle a une large audience sur toute la région...

Il réajusta sur son épaule la courroie de sa mallette photo, et s'apprêta à quitter les lieux. Rollat le retint par la manche :

— Minute ! Je peux éventuellement te négocier une interview avec les pandores ! Tu pourras ainsi te rendre compte de ce qui se passe ici, et surtout pourquoi il ne faut pas ébruiter tout ce merdier.

— Ben voilà comment je t'aime bien, mon petit André !

Il fallut quatre sonneries pour que Delpiéri active son portable :

— Dédé ? Qu'y a-t-il ? Un nouveau problème à la cave ?

— Pas vraiment... Juste deux trucs.

— Je t'écoute.

— Tout d'abord, Viguier voudrait savoir s'il peut réinvestir son domaine ?

— Si tous les relevés sont faits, nous n'y voyons aucun problème. L'autre chose ?

— Voilà... J'ai à côté de moi un collègue du Journal du Bugey, qui voudrait des précisions sur l'affaire !

— Quoi ? D'où il sort ses informations, cet emplâtre ? C'est toi qui as cafté ?

— Bien sûr que non... C'est plus compliqué... Une série de petites phrases piquées ici et là, et qui, mises bout à bout, ont alerté son radar interne !

Il entendit la voix de Borland qui demandait le nom du journaliste.

— Il s'appelle Ravinet, Jean Paul Ravinet.

Ce fut le lieutenant qui répondit :

— Je le connais, il est réglo. Vous pouvez vous amener à l'appartement de Carole. On vous attend. En attendant, dîtes-lui bien que je coffre le premier qui ouvre son bec !

Le lieutenant coupa la communication et rendit son portable à Delpiéri, qui s'était raidi :

— Tu convoques la presse chez la victime, maintenant? fit-il.

— T'inquiète... Tu peux classer ce type dans la même catégorie que ton ami Rollat. J'ai toute confiance en lui, nous avons déjà travaillé ensemble. Il ne mettra pas le merdier dans l'enquête ! Et s'il tente de le faire, il aura de mes nouvelles !

Quelques minutes plus tard, les deux journalistes faisaient leur entrée chez les Rouvier, alors qu'Isabelle Morel transférait l'intégralité du disque dur du portable de Carole Grandin sur un support extérieur afin de pouvoir travailler sans risque sur les contenus des dossiers. Jean-Paul Ravinet, un grand blond dégingandé au visage anguleux, à la poignée de main vigoureuse et regard franc, plut tout de suite à l'adjudant. Par contre, quand il demanda l'exclusivité pour son journal, ce fut Rollat qui fit la grimace :

— A une condition, mon gars : dès que tu fais paraître dans ton canard, ou sur tes ondes, je lance mon reportage avant que certains de nos collègues nationaux ne viennent nous couper l'herbe sous le pied. Parce que mon petit doigt me murmure que cette affaire n'est pas normale, et qu'on va découvrir des trucs pas nets.

Borland résuma l'enquête à l'attention des deux hommes, puis Isabelle afficha quelques vues des dossiers numérotés, ces scènes qui représentaient des constructions sans formes véritables, la plupart du temps envahies par les ronces et les mauvaises herbes. Ravinet fronça les sourcils :

— J'ai eu l'occasion de recevoir Carole Grandin au journal. Elle avait en main quelques photos, de bien meilleure facture que celles-ci. La jeune femme répondait à un appel de notre part concernant quelques villages pour lesquels un confrère préparait des reportages... qui ne virent jamais le jour... Le collègue en question ayant démissionné entre temps ! Mais, c'est étrange, ces bleds ne me sont pas vraiment inconnus. Ils me rappellent quelque chose...

— Quoi donc ?

— Je crois me souvenir que le Journal a publié cinq ou six ans en arrière un article où il était question de trucs dans ce goût-là. On doit pouvoir le retrouver dans nos archives. Ce hangar, cette vieille bicoque... Je suis sûr qu'on a traité ça !

— Eh ben voilà ! s'exclama Delpiéri. Il ne vous reste plus qu'à vous plonger tous les deux dans les vieux exemplaires de votre journal, et de nous rapporter les bonnes infos !

— Il ne sera pas nécessaire de respirer la poussière, sourit Ravinet. On a informatisé les dix dernières années, et je suis certain que c'est moins ancien...

— Vous devriez déjà être en route ! gloussa Borland.

Isabelle Morel s'interposa :

— Une petite minute ! J'ai un dernier cliché à montrer à monsieur.

Sur l'écran, le visage de l'inconnue à la Twingo s'afficha. Le jeune homme la détailla sans vergogne, puis, catégorique :

— Jamais vue ! Et bien sûr aucune idée de son nom. Une nana pareille, je m'en souviendrais !

Devant la mine dépitée de la jeune femme, les deux journalistes s'éclipsèrent. Isabelle débrancha le portable de l'œnologue et le rangea dans une caisse en carton, avec les câbles et quelques CD de données récupérés dans la pièce. Elle glissa le disque extérieur dans sa poche.

Vendredi – 14 heures 30

De violents coups portés contre la porte les firent sursauter.

Paulette Rouvier, qui avait accompagné les journalistes quand ils étaient arrivés, s'avança pour ouvrir. Elle avait la main sur la poignée quand Borland la retint par le bras :

— Non, Paulette ! Recule, on ne sait pas qui est là.

Il dégaina son arme de service, et ouvrit lentement le battant. Une tête de gamin apparut dans l'encadrement. Le mioche ouvrit des yeux grands comme des soucoupes quand il découvrit l'arme braquée dans sa direction. Le lieutenant l'abaissa rapidement, avec une grimace :

— C'est toi, Francis, qui fait autant de boucan ?

— Ouais, m'sieur, répondit le môme, en louchant vers le révolver avec le même regard intéressé. C'est m'sieur Angelot qui m'envoie. Il faut que vous veniez tout de suite ? Il a dit que ça urge...

— Il a dit pourquoi ?

— Ben non... Il a juste dit que j'aurais de gros ennuis si j'me grouillais pas à vous ramener !

— On te suit, Francis. Tu peux foncer l'annoncer à monsieur Angelot.

— J'y vais, m'sieur !

Mais il restait planté là, l'air embêté.

— Quoi d'autre, gamin ?

— Ben... Le... le... flingue... Il est à vous ?

— Heu… Oui, pourquoi ? Tu sais bien que tous les flics en ont, de ces trucs-là ?

— Ouais… J'pourrais l'voir ?

— A un autre moment, fiston ! C'est promis. Mais tu ne pourras pas le tenir…

— OK… Cool…

— Tu ferais peut-être bien de te grouiller, maintenant… Les ennuis… Tu sais ?

— Ouais…Hou là là ! Je fonce…

Le gamin tourna les talons et disparut aussi vite qu'il était venu. Les deux gendarmes se regardèrent, se posant la même question : pourvu qu'il n'y ait pas de nouveau macchabée à l'horizon…

Eric Angelot les attendait en haut du petit raidillon qui débouchait devant son caveau, cherchant à échapper aux visiteurs qui se comptaient de plus en plus nombreux. Il eut un long soupir de soulagement quand il les vit enfin. Il leur fit signe de le suivre. Ils se retrouvèrent tous devant le bureau qui leur avait été désigné. Le viticulteur poussa la porte, après avoir vérifié que personne ne traînait dans les parages.

Il ouvrit enfin la bouche :

— Il y a du nouveau… Ou plutôt c'est *le nouveau* qui a brusquement débarqué tout seul…

Il s'effaça pour les laisser entrer. Assise près de la fenêtre, le regard perdu vers la crête des montagnes, l'inconnue des photos, la jeune femme à la Twingo rouge ! Le lieutenant Borland s'approcha d'elle :

— Seriez-vous la dénommée Laura ?

Elle hocha la tête pour acquiescer. Le gendarme continua :

— C'est bien vous qui vous êtes enfuie tout à l'heure devant chez Carole Grandin ?

Nouveau hochement de tête.

— Comment vous appelez-vous, à part Laura ?

— Mastrochin, Laura Mastrochin.

— Domicile, s'il vous plaît ?

— J'habite Belley, rue Saint Martin, pas très loin de la Librairie. L'appartement que mes parents m'ont légué. Ils sont décédés depuis six ans. Je travaille à la Mairie, au service du Patrimoine. L'été, je fait office de guide pour les groupes qui veulent visiter la vieille ville.

— Vous connaissiez donc Carole Grandin ? Nous avons visionné un certain nombre de photographies prises par elle, sur lesquelles vous apparaissez assez souvent...

La jeune femme eut une hésitation, que Delpiéri balaya :

— Vous pouvez parler, cela ne sortira pas de cette pièce.

— Carole et moi étions amie. Et même plus que cela... Nous nous sommes connues quand elle est revenue au pays, en 2009. Cela s'est fait fortuitement... Elle réalisait un reportage photo sur le vieux Belley. J'étais guide ce jour-là. On a tout de suite sympathisé... et...

Sa voix se brisa. Elle s'interrompit, le temps de reprendre un peu d'assurance, et de refouler les larmes qui ne demandaient qu'à jaillir.

— Comment se fait-il que vous ne veniez jamais lui rendre visite à Marignieu ? Le village est pourtant près de Belley.

— C'était pour éviter les commérages, pour que Carole ne soit pas l'objet de réflexions désobligeantes. Vous savez, les gens, ici, sont un peu...

— Un peu spéciaux, intervint Eric Angelot. Tout le monde n'a pas l'esprit assez ouvert pour accepter que deux femmes vivent ensemble. Quelques-uns ici pensent ainsi, et sont les plus enclins à émettre des conneries. Mais les choses finiront bien par évoluer.

— C'est également pour cette raison que vous vous êtes enfuie de devant chez les Rouvier ?

— Oui, j'ai pris peur quand j'ai compris qu'il lui était arrivé quelque chose de grave. Je n'ai pas bien réfléchi, sur le coup. C'est pour ça que je suis venue ici. Je...

Nouvelle interruption. Laura fouilla son sac, à la recherche d'un mouchoir. Elle se moucha, avant de reprendre :

— Vous savez qui a pu faire une telle chose ?

Isabelle répondit :

— Non… Mais on l'aura, faites-nous confiance ! J'ai trouvé dans son ordinateur toute une série de fichiers bourrés de photographies. Est-ce que cela vous parle ?

— Bien sûr ! Carole était folle de photographie. Chaque fois qu'elle le pouvait, elle visitait un nouveau lieu qu'elle flashait sur tous les angles, débusquant les moindres détails. Elle a ainsi accumulé une fantastique base de données photographique sur le Bugey. J'allais régulièrement avec elle, quand j'étais libre bien sûr.

— Je ne parle pas de ces dossiers, qui sont vraiment fascinants, mais des autres qui sont simplement numérotés de un à dix…

— Ah ? Ceux-là ?

— Expliquez-nous, s'il vous plaît, demanda l'adjudant.

Laura Mastrochin soupira. Elle fit errer son regard de l'un à l'autre, avant de poursuivre :

— Elle était très discrète sur ceux-là. J'ai eu l'occasion d'aller avec elle, quelques fois. Nous nous sommes retrouvées dans un coin perdu. Un village de l'Isère… On a tourné pendant un moment dans la campagne, nous trompant souvent de direction… Carole cherchait un lieu précis, qui ressemblait à une usine, ou un truc comme ça. On a fini par y arriver, et là, elle a fait tout un tas de photos… Des clichés de bâtiments abandonnés, qu'elle a flashés à l'extérieur comme à l'intérieur.

— Vous rappelez-vous le nom de cette localité ?

— Je crois que c'est un nom du style de Aranbon, Aronbou, je ne sais plus au juste…

— Arandon ? proposa le lieutenant. C'est près de Morestel.

— Oui, je suppose que c'est ce nom-là.

— Si elle a fait des photos, elle a dû les ranger dans un dossier, non ? questionna Isabelle. Je ne trouve pas de machin avec cette dénomination…

— Il fait partie des dossiers numérotés de 1 à 10. Il me semble qu'il s'agit du premier de la liste, parce que nous avons visité d'autres lieux par la suite.

Morel ouvrit le dossier en question. Une série de photos s'afficha. Elle les fit défiler. Laura reconnut les clichés :

— C'est bien celui-là !

Borland se passa une main dans les cheveux :

— Je ne comprends pas ce que ces images peuvent avoir d'intéressant. Ces bâtiments sont visiblement abandonnés. Les fenêtres ont en partie disparu, les portes brillent par leur absence ou leur air penché ! Les toits troués laissent voir le ciel... C'est dans un état lamentable !

— Qu'est-ce qu'elle pouvait bien chercher dans cet endroit pas vraiment affriolant ? fit Eric Angelot. En tous cas, elle n'y a jamais fait allusion.

La jeune femme haussa les épaules :

— Carole était très discrète sur ses enquêtes. Je sais qu'à chaque retour de reportage, elle passait des heures sur Internet pour écumer divers sites, et téléphoner dans les mairies des lieux visités...

Isabelle fronça les sourcils. Elle se mit soudain à pianoter sur le clavier du portable de l'œnologue. Des séries de chiffres et de signes cabalistiques défilèrent sur l'écran en accéléré. La gendarme continua ainsi à toute vitesse, pendant que Laura poursuivait :

— Je ne l'ai pas accompagnée dans chacune de ses recherches. Je sais juste qu'elle s'est aventurée parfois loin d'ici. Les dossiers 2 à 5 concernent des villes ou villages de l'Isère, les suivants des lieux situés près des Pyrénées.

— Vous vous souvenez de quelques noms ?

— Attendez... Je l'ai suivie du côté de Rivesaltes, et puis aussi à Gurs et Argelès sur Mer. Je sais qu'elle s'est également rendue à Septfonds, dans le Tarn et Garonne et au Vernet dans l'Ariège. Chaque fois, on se retrouvait dans des lieux identiques à celui qu'on vient de visionner. Aussi mornes et sans intérêt, du moins pour moi. Parfois même, il n'y avait plus rien, que des champs en jachère... A chaque retour, elle me déposait à Belley pour rejoindre son appartement, sans doute pour créer un nouveau dossier et classer ses photos.

— Elle ne vous a jamais confié à quoi ils correspondaient, ni ce qu'elle cherchait ? s'étonna Borland. Parce qu'il est évident qu'elle était sur une piste… Elle vous traînait avec elle, et vous n'avez jamais tenté de creuser cette … passion un peu bizarre ?

— Si, évidemment… Mais à chaque fois, elle disait que je saurais bien assez tôt de quoi il retournait…

Vendredi – 14 heures 50

— Bon, on commence par quoi ? demanda André Rollat, tandis que son collègue se faufilait dans la circulation du milieu de journée qui encombrait les rues principales de la capitale du Bugey.

— Il est midi passé de plus de deux heures, mon vieux. T'as pas faim ? Moi, ça gargouille sec dans ma tuyauterie intérieure.

— Ah non ! Avec tout ce que j'ai avalé là-haut, le tout arrosé d'un vin qui ma foi pourrait avoir pour sous-titre « Reviens-y », je me sens comme qui dirait repu !

— Bon, le temps de me trouver un casse-croûte et on file au journal… On aura au moins une chance de pouvoir se garer.

Une fois sur place, Jean Paul Ravinet conduisit Dédé directement salle des archives. De très nombreux rayonnages renfermaient des éditions papier du Journal du Bugey, classé par années de parution. Le journaliste les ignora pour allumer un ordinateur surmonté d'un écran plat grand format. Il choisit ensuite d'ouvrir un logiciel de classement. Il suffisait de remplir quelques champs pour que la machine fasse le reste…

— Bien ! On cherche quoi ?

— Tu as dit tout à l'heure qu'il s'agissait d'un reportage concernant ces lieux sinistres que Carole Grandin est allée photographier…

— Absolument… Mais on ne connaît pas le nom du bled en question.

— D'après toi, le reportage de ta feuille de chou daterait de quand ?

— Cinq ans… Peut-être six…

— Je suis d'avis de porter à dix bonnes vieilles années. A raison de cinquante deux numéros par ans, cela ne fait donc que cinq cents et quelques exemplaires à feuilleter ! Roule…

Ravinet soupira et inscrivit le mois de janvier 2003 dans la fenêtre de requête. Ils espéraient qu'il ne leur faudrait pas remonter plus loin.

Vendredi – 14 heures 50

— Bingo ! s'écria brusquement Isabelle Morel. Je l'ai, le lien entre tous ces fichiers. Mais… Qu'est-ce que c'est que ce foutoir ? Dans quoi elle est allée foutre son nez ? Cela risque de nous plonger dans de nouvelles interrogations !

— Eclaire notre lanterne…

— Tout de suite ! Laura, vous avez dit qu'elle fouinait sur Internet après chacune des séries de photos, donc au retour de ses… raids. Moi, j'ai fouillé sur sa bécane pour trouver sur quels sites elle s'était connectée. Rien du côté de l'historique que crée le logiciel à chaque cession ; tout est effacé quand elle quitte la dite cession ; pas mieux dans ses favoris où elle n'a rien enregistré. Restaient les images créées sur le disque dur, une sorte d'historique bien planqué, virtuel. Sur un disque, peu de choses disparaissent, sauf si on lance un formatage. Ce qu'elle n'a pas fait. Et voilà, quelques sites sur lesquels elle allait à la pêche aux nouvelles… Ils sont peu nombreux, et pour cause. Je vous en affiche un, réalisé par un habitant des environs de Morestel, où il est question de ce village d'Arandon. Il a apparemment découvert par hasard qu'un truc pas net s'était déroulé dans cette région proche de son domicile, il a creusé… et voilà ce qu'il a trouvé !

Tous se penchèrent vers l'écran. Isabelle continua :

— Comme vous pouvez le voir, c'est un blog qui traite de tous les sujets possibles. Mais à la différence de nombreux autres sites, celui-ci est loin des frivolités habituelles. Preuve en est ce long texte sur les très nombreux espagnols, hommes, femmes et enfants, qui fuirent leur pays quand les troupes fascistes de Franco envahirent la Catalogne fin 1938 et début 1939, mettant toute la population en coupe réglée. Il est dit là-dedans que cet afflux de réfugiés se fit en deux temps. D'abord en 1937, mais en nombre peu important ; Ils purent être absorbés par les villages et villes proches des Pyrénées, ou partirent vers d'autres lieux où ils avaient de la famille déjà installée. La seconde vague commença donc en janvier 39, en masse cette fois : c'était cela ou les geôles franquistes, ou même la mort, en particulier pour les hommes soupçonnés d'être des terroristes, c'est-à-dire des républicains. Ils furent regroupés dans des camps de fortune dans le sud de la France. Carole en a visités quelques-uns, les noms évoqués par vous, Laura, sont là. Pourquoi ? Aucune idée ! Lors de ce deuxième flot de réfugiés, le gouvernement Daladier fut dans l'obligation de prendre un certain nombre de mesures, dont l'appel aux diverses préfectures du pays pour organiser l'accueil de tous ces expatriés. L'Isère répondit alors affirmativement, et on entassa, le mot est faible, quelques deux mille personnes, et plus selon certaines sources, à Grenoble, au Palais de la Houille Blanche, dans le Parc Mistral, en attendant de les dispatcher ailleurs. Les conditions y étaient déplorables, sans avoir rien à envier à ce qu'on voit de nos jours dans les reportages télé ! Par moments, pire que ça ! Bref, il fallut trouver des lieux extérieurs. C'est là qu'Arandon entra en jeu. La préfecture de l'Isère ayant demandé dans l'urgence aux communes de se mobiliser, le maire de ce village, un certain Vialle, propriétaire d'une usine désaffectée, se porta volontaire pour accueillir des Républicains espagnols...

— Cela relève d'une bonne intention... apprécia Eric Angelot.

— Sauf qu'il y a eu pas mal de la résistance dans l'air. Beaucoup d'habitants ne virent pas cette initiative d'un bon œil. La trouille de l'inconnu, l'éternelle méfiance envers l'étranger ! Rendez-vous compte : on allait transférer des gens qui avaient tenu tête à un type qui voulait prendre le pouvoir en Espagne, et avaient résisté durant près de trois ans, les armes à la main ! Mille trois cents personnes furent donc conduites à Arandon, en majorité des femmes et des enfants. Encadrés par des gardes mobiles, ils avaient interdiction de sortir, et survécurent comme ils le purent. Cette fameuse usine désaffectée, où étaient construits des camions et des autobus, avait fermée en 1937, mangée par la concurrence. Tout avait été vidé et vendu. Les nouveaux venus se retrouvèrent dans une situation précaire malgré quelques faibles aménagements effectués en toute hâte avant leur arrivée. Des espagnols restèrent là jusqu'à la déclaration de guerre, moment où le gouvernement français eut l'idée d'enrôler un certain nombre d'entre eux dans les Compagnies de Travailleurs Etrangers, comme ceux qui avaient été employés quelques années plus tôt pour la construction de la ligne Maginot...

La gendarme se tut. Les autres se regardèrent, visiblement dubitatifs. Borland rompit ce silence devenant gênant :

— Et Carole Grandin a passé une partie de son temps libre à courir visiter les vestiges de ces lieux ? On sait ce qu'est advenu le camp d'Arandon ?

— Il a semble-t-il fermé dans les années 40, après avoir accueilli des gens considérés comme indésirables : résistants, communistes, réfractaires, juifs, avant leur transfert vers des lieux plus... définitifs ! répondit Morel.

— Cela ne nous dit pas pourquoi la victime s'intéressait tant à cette histoire...

— Tu penses que cela a un rapport avec son assassinat ? demanda Delpiéri.

— Pourquoi pas ? expliqua le lieutenant. Si l'installation pas loin d'ici de ces pauvres gens souleva tant de réprobation à cette époque, il se peut qu'elle soit mêlée de près ou de loin à cet épisode quelque peu honteux de l'Histoire, avec un grand H cette fois... Avait-elle trouvé des documents compromettants pour des habitants de la région ? Cherchait-elle à prouver une quelconque saloperie perpétrée à ce moment-là ? On peut tout envisager... Qu'en pensez-vous, mademoiselle Mastrochin ?

L'interpellée fit la moue :

— Je ne sais vraiment pas. Carole n'en parlait pas... S'il vous plaît ? Puis-je rentrer chez moi ? Je voudrais être seule... vous comprenez ?

— OK ! acquiesça Delpiéri. Laissez vos coordonnées, adresse et téléphone, mail si vous en possédez un. Que l'on puisse vous joindre. Il va sans dire que vous restez dans les parages. D'accord ?

— Je ne vois pas où je pourrais aller...

Laura se leva, salua brièvement tout le monde de la tête, et sortit du bureau. Eric Angelot voulut l'accompagner, mais elle lui fit comprendre d'un signe que ce n'était pas nécessaire.

La jeune femme zigzagua entre les groupes pour rejoindre sa voiture. A l'autre bout du hall, une autre jeune femme la suivit du regard jusqu'à ce qu'elle ait disparu dans la cour. Quand l'amie de Carole l'avait frôlée sans la voir, en émergeant du bureau, elle avait enfoncé ses ongles dans ses paumes, pour ne pas hurler de rage. Des larmes perlèrent au coin de ses yeux, tentèrent de rouler doucement sur ses joues. Elle se détourna, avec un reniflement discret. Joëlle Radiou, une sommelière, l'aperçut, et s'approcha :

— Eh ben, Camille ? Un problème ?

— Non, c'est rien...

— T'es sûre ? Tu as l'air un peu secouée...

— Ne t'en fais pas... Juste un moucheron qui a voulu élire domicile dans mon œil.

Joëlle hésita à aller plus loin : comme disait sa grand-mère, un moucheron qui plonge dans un œil, ne fait pas pleurer les deux ! Elle comprit que l'hôtesse ne voulait pas aborder le sujet, et retourna à sa tâche.

Dans le bureau de Philippe Angelot, tous faisaient silence, digérant lentement les dernières informations. Borland, planté devant le tableau sur lequel ils avaient noté le peu qu'ils possédaient, secouait lentement la tête, préoccupé :

— Quelque chose me chiffonne, lâcha-t-il enfin. Cette dénommée Laura... Je ressens une impression étrange à son égard... Etrange et pas très... nette ! Il me semble qu'elle ne nous a pas tout dit !

— Tu penses qu'elle connaît l'assassin de Carole Grandin ?

— L'assassin ? Non ! Je ne le crois pas... encore que... Je parle plutôt des recherches de l'œnologue. Elle nous a répété je ne sais combien de fois qu'elle n'était au courant de rien... Ces reportages qui ne mènent à rien, qui même ne servent à rien... si on n'est pas au jus ! Plus personne n'est au courant de l'existence de ces camps de réfugiés !

— ...ou personne ne veut être au courant, risqua l'adjudant.

— Tu... Oui, pourquoi pas ? Cela expliquerait que tout ait disparu. En tous cas, à la gendarmerie de Belley, je t'assure que rien n'y fait référence. Bon sang ! Des milliers de gens ont transité par là... Et il n'en reste que dalle ! La gamine, elle, savait, et a tout fait, semble-t-il, pour aligner des preuves...

— Sans doute était-elle au courant de quelque chose...

— De quoi ? Les faits remontent à plus de soixante-dix ans.

Delpiéri se tourna vers le viticulteur :

— D'après ce que vous nous avez raconté, Eric, ses parents n'avaient rien à voir avec le dernier conflit mondial...

— Je dirais qu'ils n'étaient pas nés à cette époque... Les grands-parents n'ont pris part à aucune des actions de la Résistance, que je sache... Attendez, je vais biper mon frère, peut-être a-t-il quelque chose en mémoire.

Vendredi – 15 heures 20

La sonnerie du téléphone résonna dans la pièce plongée dans la pénombre. Les lourds rideaux tirés devant les fenêtres barraient le passage aux rayons du soleil de mars. Aujourd'hui, la personne qui occupait les lieux n'appréciait pas beaucoup la lumière du jour... Elle avait un léger mal au crâne, et seule la nuit pouvait y remédier. Elle traversa lentement l'appartement, faisant grincer quelques lames du vieux plancher.

— Allô ?

— C'est moi...

— Qu'est-ce que tu veux ?

— Savoir pourquoi tu as fait ça ?

— Fait quoi ?

— Tu le sais parfaitement...

— J'ai rien à te dire.

— C'est une vraie saloperie, ce que...

— La ferme, tu veux ? J'ai passé l'âge de recevoir des leçons de morale, et surtout, je n'ai pas de compte à te rendre !

— Ah bon ? C'est grâce à qui que tu as eu l'info ? J'aurais mieux fait de m'arracher la langue, ce jour-là !

— Alors ça, fallait y penser avant.

— Et si je parle, si je vais voir les flics ?

— Tout doit être clair dans ta petite tête vide : dans ce cas-là, tu signes ton arrêt de mort ! Je me ferais un réel plaisir de te faire avaler ton bulletin de naissance ! Et d'une façon qui ne sera pas belle à voir pour ceux qui te retrouveront, je t'en fais le serment !

Il y eut un déclic à l'autre bout du fil. Un sourire se dessina sur son visage : l'autre avait bien trop la trouille pour aller cafter chez les pandores ! Pour l'heure, il suffirait de faire profil bas, de répondre évasivement à d'éventuelles questions, si par hasard il s'en présentait, puis de filer loin d'ici quand tout se serait tassé...

Vendredi – 15 heures 30

Philippe Angelot, mis au courant des recherches insolites de sa maître de chai, réfléchit un moment, avant de dire :

— Il y a bien « La Loi », qui aurait pu avoir le fin mot de cette histoire… Je veux parler de l'existence de ce fameux camp pour réfugiés…

— Stop, coupa Borland. Qu'est-ce que c'est que cela, « La Loi » ?

— Le surnom d'un vieil oncle que nous avons connu quand nous avions quelques dizaines d'années de moins. Il a participé à pas mal de missions dans la Résistance locale. Seulement voilà, il en parlait peu, comme s'il avait jeté un voile sur cette période… Cependant, on sait qu'il servait occasionnellement de passeur, conduisant les gens en fuite vers la frontière suisse, en suivant certains sentiers connus de lui seul. Il a aussi, avec l'aide de nos grands parents, caché d'autres personnes dans quelques cuves de chêne qui restaient vides en permanence, au nez et à la barbe des troupes allemandes. De là à ce qu'il ait donné des coups demain à des réfugiés espagnols en fuite, il n'y a qu'un pas. C'était tout à fait dans ses cordes.

— Il n'a jamais eu de problème avec nos collègues d'alors, demanda Delpiéri.

— Disons qu'il avait la paix, jusqu'en 40, avant que les occupants ne viennent jusque par ici. Par la suite, c'est vrai qu'il jouait sa liberté, voire sa vie, à chaque déplacement, à chaque convoyage. Je crois même me rappeler qu'il racontait que deux ou trois gendarmes étaient au courant de son petit trafic, mais qu'ils fermaient les yeux, voire l'avertissaient quand il y avait danger.

— Si on en croit les textes trouvés sur la Toile, intervint Isabelle Morel, les réfugiés espagnols disparurent d'Arandon et des autres camps de l'Isère, après la déclaration de guerre, en septembre 39. Il aurait pu en parler…

— Pas à nous autres, qui étions mômes encore au moment de sa disparition, ou alors je ne me rappelle pas. C'est vrai que les gamins aiment ces histoires qui mettent en scène des membres de leur famille, les valorisent, et leur permettent de briller aux yeux des copains dans la cour de récréation. Mais « La Loi » n'était pas du genre à se faire mousser avec ses hauts faits !

— Il n'a pas laissé de documents, une relation écrite de son action durant la guerre ? Des mémoires, en quelque sorte ? reprit le lieutenant.

— Non, ou alors on ne l'a pas encore retrouvée. D'ailleurs, Mathieu, tu en connais beaucoup, par ici, des inconnus qui ont décrit ce qu'ils ont risqué ?

— En effet, c'est plutôt rare.

— Bien ! soupira l'adjudant Delpiéri. Nous n'en savons donc pas plus pour le moment. Espérons que nos deux valeureux journalistes ne reviendront pas bredouilles de leur fouille dans les archives du Journal du Bugey. Et que Lorrain nous annoncera quelque trouvaille intéressante.

Les deux viticulteurs retournèrent à leurs invités. L'après-midi était maintenant bien entamé, et les affaires battaient leur plein. De très nombreux restaurateurs de la région avaient répondu à l'invitation. Tous voulaient féliciter la maître de chai pour son assemblage remarquable, avant de passer commande. Eric Angelot avait peaufiné une excuse à son absence : une grippe tardive qui la clouait au lit avec une fièvre de cheval ! Peut-être pourrait-elle apparaître les jours suivants... Cela sembla suffisant à tout le monde.

Les gendarmes, dans l'attente de renseignements nouveaux, s'invitèrent autour d'une table chargée de victuailles, où ils purent calmer des estomacs qui clamaient famine. Des produits locaux de qualité leur permirent de faire taire les cris intérieurs ! Isabelle surchargea une assiette de charcutailles, avant de réintégrer le bureau pour replonger dans les méandres de l'ordinateur de Carole Grandin. Elle annonça qu'elle était quasi sûre que la jeune femme avait dissimulé des fichiers dans sa machine : « Elle n'a pas passé autant de temps à remplir des dossiers de photos sans parallèlement rédiger des notes sur ses motivations. Je trouverai ! »

Vers seize heures, André Rollat donna signe de vie sur le portable de l'adjudant. Dans les archives du Journal du Bugey, ils avaient trouvé un long article sur le camp d'Arandon, clichés à l'appui. Ils rapportaient des copies pour tout le monde. Quand le gendarme voulut savoir si des noms de réfugiés étaient notés, il fit la grimace en entendant la réponse : aucun... Apparemment, personne ne savait plus qui avait transité par là !

— C'est pratique ! commenta Dédé. Cela dédouane ceux qui ont peut-être œuvré pour qu'on se débarrasse de ces gens, disons... encombrants !

En attendant l'arrivée des deux journalistes, les gendarmes sillonnèrent le hall d'un groupe à l'autre, à l'écoute d'éventuels échos. En vain, personne ne faisait allusion à l'absence de la maître de chai. Delpiéri, délaissant les autres, descendit à la cave. Paul Viguier et Jacques Nouvel avaient nettoyé la scène de crime, et remis tout en ordre :

— Si quelqu'un entre ici, expliqua Viguier, rien ne doit dénoter par rapport à l'ordinaire. Nous pourrons ainsi ouvrir cette partie dès demain matin.

L'adjudant démentit :

— Vous avez bien fait, mais je crois que votre patron ne le veut pas, par respect pour Carole. Avez-vous découvert des indices qui nous auraient échappé ?

— Non. Vos gars du labo ont embarqué tout ce qui les intéressait : ce qui a été filtré au moment de la vidange de la cuve, la casquette de Carole, des échantillons du vin avant qu'il ne parte à l'égout, et tout un tas de trucs qu'ils ont ramassés dans un rayon d'au moins quatre à cinq mètres.

— Normal, c'est le protocole habituel.

— Ils vont tout analyser ?

— Oui, tout... On est loin des feuilletons télé. C'est plus du travail de fourmis que des grandes envolées lyriques sur grand écran !

— Espérons que l'enflure qui a assassiné Carole ait laissé un petit quelque chose...

— Si c'est le cas, nos gars trouveront, je vous l'assure.

Delpiéri laissa les vignerons à leur tâche, très importante durant les quatre jours des Portes Ouvertes, et rejoignit les autres dans le local de l'enquête. Isabelle Morel était subitement d'humeur morose : la machine était récalcitrante, elle n'arrivait pas à entrer dans certaines parties de l'ordinateur :

— Elle a installé des verrous dans tous les sens, preuve que ses recherches lui paraissaient importantes. Je ne peux aller plus loin ici. Il me faut du matos que je n'ai qu'à Montrevel. Je vais embarquer tout ça. J'espère que je vais vous dégoter un truc ou deux pour demain...

— Dans ce cas, tu peux rentrer au bercail. Par contre, si tu découvres quelque chose d'important, tu nous tiens au courant, de jour comme de nuit !

— Si c'est un scoop, je reviendrais même par ici aux aurores... La bouffe est nickel ! Le breuvage itou !

— Fais quand même gaffe en rentrant...

— T'inquiète ! Si j'aperçois l'ombre d'un képi, je lance le gyrophare...

Quelques minutes plus tard, la jeune femme fonçait à toute allure selon son habitude en direction de Belley, pour attraper ensuite la route vers Ambérieu en Bugey et Bourg en Bresse.

Elle avait du pain sur la planche pour une partie de la nuit.

A Marignieu, le caveau se vidait peu à peu de ses visiteurs, l'après-midi tirant à sa fin. Seuls quelques traînards erraient entre les stands qui fermaient peu à peu. Les employés allaient pouvoir respirer un peu, avant de prendre une collation en commun au cours de laquelle un bilan de la journée serait esquissé. Ensuite, après avoir préparé la journée du lendemain, tous iraient prendre un repos mérité.

Vendredi – 18 heures

Il était dix-huit heures passées quand André Rollat et Jean Paul Ravinet refirent leur apparition :

— Il vous en a fallu du temps pour couvrir la dizaine de kilomètres depuis Belley, s'étonna l'adjudant. Il s'est écoulé un bout de temps depuis que tu as appelé !

— On est allé prendre un petit quelque chose dans un truc rapide ! Un p'tit creux à colmater.

— Ah bon, je vois ! fit Eric Angelot. Les pâtés authentiques qui sont proposés ici ne sont donc pas bons?

— Si, bien sûr, mais on ne tenait plus !

Delpiéri leva les yeux au ciel :

— Abrégeons… Vous avez trouvé quoi, exactement ?

Ravinet déposa sur le bureau la copie de l'article du Journal du Bugey, en date de mars 2005, intitulé : « *Quand les camps fleurissaient en nord Isère* » ; une pleine page de reportages, avec photos à l'appui. Il y était question des lieux les plus rapprochés du Bugey, tous situés dans l'Isère, dont, bien sûr, Arandon. Quelques reproductions de rapports d'époque exceptés, ils reprenaient ce que les gendarmes savaient déjà, et posaient les questions qui fâchent : pourquoi n'avait-on jamais eu connaissance de leur implantation ? Pourquoi les mairies interrogées semblaient tomber des nues, et n'avaient jamais répondu aux demandes d'enfants d'anciens internés ? Y avait-il des choses à cacher ?

— Vous n'avez pas eu d'ennuis au moment de la publication ? demanda Delpiéri.

— Pas que je sache, répondit Ravinet. Le Journal ne donnait aucun nom, ni ne révélait aucun moyen de remonter jusqu'à des gens ayant eu des comportements… répréhensibles… C'est sûr que ce genre d'article risquait de raviver de vieilles rancoeurs, des haines tenaces. De toutes façons, ceux qui ont eu des penchants collaborationnistes ne vont pas le clamer sur les toits, hein ? Cela ferait désordre dans le tableau !

— Le journaliste qui a pondu cet article travaille-t-il toujours dans ton canard ? questionna Borland. Il serait intéressant de le rencontrer. Peut-être a-t-il conservé des documents qui n'ont pas été publiés.

— Joël Michaudier… Il a pris sa retraite en 2010. Une pointure dans le métier.

— Je connais, intervint Philippe Angelot, installé dans un coin du bureau. Il a répondu à notre invitation. Il doit passer demain dans l'après-midi.

— Serait-il possible de le joindre pour qu'il avance sa visite ? questionna Borland. Je connais le bonhomme. Franc et droit. J'ai eu l'occasion de bosser avec lui.

— Je ne pense pas... Il n'habite plus le Bugey depuis qu'il a pris sa retraite. Il a choisi le nord de la France, il s'est expatrié chez les Chtis... A l'heure qu'il est, il se peut qu'il soit sur la route.

L'adjudant consulta sa montre :

— On laisse tomber pour ce soir. Nous n'avons pas avancé beaucoup. A peine avons-nous pu esquisser un rapprochement entre l'assassinat de Carole Grandin et des faits plutôt glauques datant de la fin de la Guerre d'Espagne. Et encore, il se peut que nous nous plantions complètement. Autant attendre les premiers résultats, à la fois des techniciens, de l'autopsie et des découvertes d'Isabelle.

— Alors, vous êtes nos invités : nous allons tous partager un petit mâchon. Vous y êtes les bienvenus.

Les caves étaient retournées à la pénombre, le calme avait reconquis les lieux. Les employés de la maison Angelot, quoique fatigués, les jambes lourdes à force de piétiner sur place depuis le petit matin, appréciaient de se retrouver ensemble un moment. L'ambiance ne tourna évidemment pas à la franche rigolade, mais chacun essaya d'y mettre du sien pour égayer quelque peu la courte soirée. Un instant de silence fut observé en mémoire de la jeune maître de chai, après une intervention de Philippe Angelot qui souligna son professionnalisme, la qualité du vin qu'elle avait obtenu, et sa façon bien à elle d'être et de communiquer sa bonne humeur aux autres. Tous les visiteurs avaient loué la finesse du nectar qu'elle avait obtenu. Les commandes de ce jour réservé en priorité aux professionnels en étaient le révélateur...

Joëlle Radiou se rapprocha de Pierre Viguier. Elle était perplexe, préoccupée :

— Pierre ? Est-ce que tu as remarqué Camille ?

— Camille ? Pourquoi cette question ? Elle a bien assuré, aujourd'hui, non ?

L'œnologue avait pris la jeune fille sous son aile quand elle s'était installée dans la région, arrivant de son village dans les Vosges. Il l'avait aidée à retaper la maison léguée par ses parents, lui avait appris le métier, commençant aux vendanges de 2005, pour lentement l'initier aux différentes phases de maturation du vin. Elle avait appris vite, et faisait maintenant partie des valeurs sûres de la Maison. Cependant, durant les Portes Ouvertes ou les différents salons auxquels elle participait, elle préférait endosser l'habit d'hôtesse... Une lubie que tous lui pardonnaient, d'autant plus qu'elle tenait son rôle remarquablement bien.

— Elle a parfaitement bien rempli son rôle, répondit Joëlle. Pourtant je l'ai surprise en train de pleurer, en milieu de journée.
Comme je lui demandai si tout allait bien, elle m'a juste dit que c'était personnel... et passager !

— Ah bon... Peut-être une histoire de cœur... Je vais voir ça. Peut-être voudra-t-elle se confier ?

Pierre Viguier se faufila vers la jeune fille. Elle avait l'air enjouée, heureuse, contente de la journée, à l'instar des autres :

— Alors, ma petite Camille ? T'en penses quoi de cette première ?

Camille se tourna vers lui, souriante :

— On a fait le plein... Cela fait plaisir, c'est une belle reconnaissance de notre boulot.

— Tu as pu assurer tranquille ?

— Bien sûr. Ce n'est pas la première fois...

— Tu es sûre... ?

— Mais bien... Ah ! Je vois ! Joëlle t'a dit que j'ai eu un petit passage à vide, hein ? Peut pas se taire, celle-là !

— Ouais... Tu la connais, on ne la refera pas, elle se fait un sang d'encre dans ces cas-là...

— Qui ? Elle ? A moins que ce soit toi ?

— Bon d'accord... Cela m'a fait flipper quand elle m'a raconté ce truc-là.

— Pierre, grâce à toi, j'ai pu m'intégrer facilement dans l'équipe de cette maison. Je t'en serai toujours reconnaissante. Mais ne t'affole pas pour un rien. Tu sais, Carole et moi, on avait sympathisé. On discutait beaucoup, de tout et de rien. Souvent de rien, d'ailleurs, comme deux vieilles copines qui jacassent. J'étais un peu une confidente pour elle. Elle ne connaissait pas grand monde par ici...

— C'est vrai, tu as raison. Je te laisse, amuse-toi un peu avec les autres, même si cela n'est pas évident.

A quelques mètres d'eux, l'adjudant avait saisi au vol quelques bribes de la conversation, sans vraiment le vouloir. Par pure curiosité professionnelle, il avait laissé traîner une oreille. Il se promit de revenir là-dessus dès le lendemain, quand il demanderait à interroger Camille. Rien ne l'obligeait à perturber la soirée de la jeune fille.

Samedi – 7 heures 30

Une légère brume s'effilochait dans le village quand Delpiéri et Borland garèrent la Mégane de la gendarmerie de Belley près du caveau Angelot. Le soleil aurait tôt fait de l'aspirer, comme il aurait effacé les traces du gel de la nuit sur les toits et dans les prés environnants.

L'adjudant n'était pas rentré en Bresse. Après avoir joint la procureure Delmonod pour faire le point avec elle, un point rapide vu les balbutiements de l'enquête, il avait accepté l'invitation de Mathieu Borland qui disposait d'une chambre d'amis. Ils avaient passé la soirée à reprendre les différents points de l'affaire. Delpiéri avait alors évoqué la conversation qu'il avait surprise entre Viguier et Carole Hernandez. Ils tombèrent d'accord pour éclaircir ce point dès le lendemain. Puis ils avaient papoté du temps passé, autour de quelques verres de Fine du Bugey.

La Maison Angelot était déjà bruissante de monde : les employés mettaient la dernière main à une journée qu'ils savaient par expérience longue et harassante.

— Le samedi est toujours une journée de forte affluence, expliqua Eric Angelot. Ce sont essentiellement des gens du proche voisinage, ceux du village et ceux des environs en majorité. Bref ! On peut dire que ça bourre un maximum. Si en plus, la presse est aussi dithyrambique que ce qu'ont promis les différents journalistes présents hier, je ne vous raconte pas la cohue. Et vous, du nouveau ? Vous avez avancé ?

Borland soupira :

— Non ! Nous espérons que le légiste et les techniciens nous donneront signe de vie. En attendant, pourrais-tu reprendre avec nous la liste du personnel présent ?

— En attendant, on se casse un morceau ! Il est hors de question de bosser à jeun, messieurs ! La liste attendra bien une vingtaine de minutes ?

Ils purent se remettre au travail un peu après neuf heures, dans le bureau du viticulteur :

— Je suppose que vous connaissez bien vos employés ? demanda L'adjudant.

— Ceux qui sont présents en ce moment, sans aucun doute. Ils sont là depuis plusieurs années. La dernière que nous ayons embauchée est Camille Hernandez. Cela fait maintenant huit ans et demi qu'elle nous a rejoints. C'est Pierre Viguier qui l'a pour ainsi dire accueillie quand elle a débarqué de ses Vosges natales après le décès de sa mère. Un cancer je crois... Elle était toute jeunette à l'époque, à peine une vingtaine d'années.

— Les autres ?

— Viguier, Nouvel et Joëlle Radiou sont des gens du village, avec qui Mathieu et moi avons traîné nos guêtres dans la région. Une joyeuse bande de lurons...

— Je confirme, approuva le lieutenant.

— Restent Alain Carnoux et Julie Portarouse, que vous avez dû interroger hier. Alain revient tous les ans nous donner un coup de main, et Julie intervient chaque fois qu'il y a un coup de bourre. Elle est de Pollieu.

— Personne d'autre ?

— Pas en ce moment. Il n'y a qu'en période de vendanges que nous recrutons plus de monde. Il s'agit de ne pas se louper... Je peux y aller ?

— Pas de problème ! fit Borland. Par contre, tu dis à Camille de nous rejoindre dès qu'elle le peut.

Lorsque Angelot eut passé la porte, Delpiéri s'étonna que le lieutenant n'ait pas demandé à voir Pierre Viguier.

— Pour que ce dernier n'aille pas briffer la gamine avant qu'on ait entendue.

L'adjudant allait répondre, quand la porte s'ouvrit en grand, sur un :

— Salut tout le monde ! J'apporte du nouveau.

Isabelle Morel se débarrassa de son matériel, et prit place autour de la table. Elle avait passé une partie de la nuit sur le portable de l'œnologue :

— Une coriace la bécane de la demoiselle, je vous assure. J'en ai bavé... La petite dame avait bien planqué un dossier dans les autres. Il a fallu tâtonner un bout de temps avant que je m'en rende compte. Astucieux son truc ! Mais c'était sans compter sur moi-même, pitbull de l'informatique... Quand j'ai une idée derrière la tête...

— On sait, soupira son chef, une vraie mule ! Mais abrège !

La jeune femme sourit :

— Dans le cas qui nous occupe, adjudant préféré, mon obstination a fini par payer. Figurez-vous, messieurs, que Carole Grandin a simplement créé un fichier Word tout bête. Elle l'a ensuite découpé en cinq morceaux. On peut se demander pourquoi, vu qu'il est un tantinet riquiqui, le fichier en question. Elle a dissimulé chaque bout de fichier dans cinq des dossiers de photos. Il suffisait de les retrouver au milieu des deux cents autres, de recoller les morceaux au bon endroit, et on a le texte entier. Vous constaterez qu'il est relativement court. Mais sans doute explosif à ses yeux, pour qu'elle l'ait ainsi saucissonné.

Elle ouvrit son portable, pianota à toute vitesse sur le clavier. Un texte apparut sur l'écran. Texte était un grand mot : ils avaient sous les yeux une succession de faits, d'annotations, une liste établie par l'œnologue. Une chronologie...

> *1939, mois de mars : Marc Grandin, grand père Marc, cache un réfugié qui s'est évadé d'un camp isérois. Sa femme et son fils l'accompagnent. Ils ont été conduits chez lui par « Marcel », nom de guerre d'un de ses contacts. Les grands parents les gardent durant cinq à six semaines, au fond de la librairie familiale, au milieu des livres.*
>
> *1939, courant mai : ils font passer la famille en Suisse.*

2006, 24 septembre : ce stupide accident de voiture sur une route qu'ils prenaient chaque jour ou presque ! Pourquoi ? Que s'est-il passé ce jour-là ?

2007, 12 juin : Grand-père, atteint de la maladie d'Alzheimer, a brusquement un éclair de ... lucidité, quelques jours avant de nous quitter. Il lâche ainsi quelques brides sur la période troublée de la guerre : « Miguel... Il faut le retrouver... et le petit Juglio, son fils... partis un jour de pluie, vers la... Ton père... sait tout ça... demande-lui... » Oui, mais père est mort depuis près de quinze ans, grand-père a égaré cela dans les méandres de sa maladie... Qui sont ces gens ? Etaient-ce ceux qu'il a cachés en 39 ? Je ne crois pas, il a parlé d'un père et son fils, alors que les autres étaient trois, un couple et un enfant... D'où venaient-ils ? Qui les recherchaient ? Que sont-ils devenus ? Grand-père les confondaient-ils avec d'autres personnes ? C'est compliqué...

2007, juillet : j'ai profité de mes congés pour fouiller de fond en comble la maisonnette de mes grands-parents. Rien... Pas un seul document à propos de ce Miguel et de sa famille. Un mystère... Mais je vais continuer à chercher, et je trouverai...

2008, décembre : j'ai parcouru la région depuis le décès de grand-père, et accumulé une série impressionnante de clichés... Faire un livre ? Peut-être... Je me suis prise d'une passion pour la photographie ! Toujours rien sur le dénommé Miguel... Mais j'ai réussi à reconstituer une partie de l'Histoire de cette région juste avant la guerre. Les Espagnols qui fuient la nouvelle dictature de leur pays... L'attitude ambiguë de l'administration française... La peur de l'étranger... Je continue...

2009, février : Je suis toutes les visites guidées des villes alentours, pour cueillir ici et là des morceaux d'histoire locale. Les gens savent, j'en suis convaincue, mais se taisent... Pourquoi ? Même ceux qui ont aidé des fugitifs... Ont-ils peur de parler ? Pourquoi ? Pourquoi ?

2009, 30 avril : Elle est belle, on se plaît, on s'aime. Laura a décidé de m'aider dans ma quête. Elle est de la région, elle connaît peut-être des gens qui pourraient me donner des renseignements...

2010, octobre : J'ai pris connaissance du rapport de gendarmerie sur l'accident de mes parents. Père allait beaucoup trop vite, sur cette petite route. La voiture a quitté la chaussée pour aller s'encastrer dans le parapet d'un pont... En pleine ligne droite... Plus de mystère là-dedans...

2010, 15 décembre : Laura et moi avons retrouvé le camp de réfugiés le plus proche de Belley. C'est en Isère... Nous sommes allés à la mairie, où nous nous sommes fait éconduire sans ménagement. « On ne remue pas la boue du passé ! » nous a-t-on rétorqué. Où sont passés les documents concernant les internés dans cet endroit ? Pourquoi les a-t-on fait disparaître. Pas de réponse... Nous avons tenté les archives départementales de l'Isère, à Grenoble... Il n'y a rien non plus... Miguel, Juglio, faisiez-vous partie de ces gens qui avaient fui leur pays ? Je retrouverai vos traces... Je vous dois cela, ainsi qu'à Grand-père Marc...

2011, 28 janvier : j'ai visité aujourd'hui un lieu désert, qui devrait devenir un lieu de mémoire. C'est dans l'Isère, un village où se tenait un camp de réfugiés. A l'époque ; on appelait cela un camp de concentration... Ce qui est horrible, c'est que d'autres ont repris ce terme pour des destinations beaucoup plus... définitives !

2011, 14 mai : incroyable comme les visages se ferment quand on évoque des pages d'Histoire pas forcément glorieuses... Je n'ai pas pu récolter d'indices à Arandon, personne ne sait...

2011, 16 novembre : je commence à avoir une documentation photographique impressionnante sur ces camps de réfugiés. Je classe tout dans mes dossiers.

2012, 8 janvier : j'ai enfin réussi à trouver le moyen d'intéresser ce monsieur Antoine. Cela n'a pas été facile, tant il était méfiant. Il a fini par accepter de me rencontrer... J'espère qu'il pourra me donner des infos sur l'arrière grand père de Camille...

Le document reconstitué par Isabelle Morel s'arrêtait à cette dernière date.

— J'ai ouvert tous les fichiers les uns après les autres, sans mettre la souris sur de nouveaux morceaux de textes. Je n'ai pu aller plus loin, il était quatre heures du mat', j'ai dormi un peu, avant de rappliquer ici, expliqua la gendarme. Mais je vais m'y remettre, et fouiller les autres parties de l'ordi. J'ai chargé un logiciel dédié à ce genre de recherche, tout est opérationnel. Elle a peut-être planqué d'autres bribes ailleurs dans les fichiers d'exploitation...

— Tu fais pour le mieux, tu as déjà obtenu de bons résultats, complimenta l'adjudant.

— En effet, enchaîna Borland. De l'excellent boulot, bravo !

La jeune informaticienne plongea dans l'écran allumé devant elle pour ne pas montrer qu'elle rosissait sous le compliment.

Les autres n'eurent d'ailleurs pas le temps de s'en rendre compte. La porte du bureau s'ouvrit à la volée, allant claquer contre la cloison. Philippe Angelot entra en trombe, jetant le journal du jour sur la table :

— Si je tenais l'abruti qui a écrit ces conneries ! grogna-t-il.

Un titre s'étalait à la une sur trois colonnes :

« Meurtre pendant les Portes Ouvertes »

L'article était illustré d'un cliché qui ne laissait aucun doute sur l'endroit où s'étaient déroulés les faits. Les gendarmes le parcoururent. Il était signé de deux initiales : P.M.

> « ...*Sur place, la gendarmerie de Belley, et la cellule départementale d'urgence créée il y a peu de temps, en la personne de l'adjudant Delpiéri et de son groupe... Le secret, bien gardé pour ne pas provoquer de panique auprès des visiteurs, a fini par filtrer. En effet, la maître de chai a été retrouvée sans vie dans la plus vieille cave du domaine...* »

Suivaient un certain nombre de considérations inutiles, juste bonnes à faire du sensationnel. Borland, qui avait fait la lecture pour tout le monde, reposa le journal. Il sortit son portable et appela Belley :

— Roger ? Tu fonces au siège du canard et tu trouves le crétin qui a pondu l'article du jour dans l'édition d'aujourd'hui. C'est forcément quelqu'un de la rédaction de Belley. Je veux savoir d'où il tient ses informations... Oui... Dans ce cas-là, tu pourras lui rétorquer qu'il y a eu meurtre et qu'on peut fort bien le convoquer et l'enquiquiner quelques heures, le bichounet !

Le lieutenant raccrocha, furieux :

— Si c'est quelqu'un de la gendarmerie qui a lâché l'info, je le fais muter au Pôle nord ! Philippe ? Tu avais invité des journaleux, je suppose ?

— Evidemment. Ils sont d'ailleurs venus, dans l'après-midi d'hier. A part Ravinet, il y avait...

— Je me porte garant du gamin ! coupa Borland. Si par malheur c'est lui, il aura de très gros ennuis. Faut pas me chercher ! Tu as les noms de ces gars ?

— Facile : Julien Grossoule, du Dauphiné ; Hervé Taponard du Progrès ; et divers autres de revues spécialisées. Je doute que ces derniers aient quelque chose à voir avec ce torchon.

— Parfait. On va contacter les deux premiers...

Quelques minutes plus tard, la réponse tombait : aucun des deux n'était au courant du lamentable article qu'ils désapprouvaient.

Samedi – 9 heures

— C'est toi qui es à l'origine de la une du journal ?

— Oui, j'ai pris mon pied en rédigeant ce tissu de bêtises que j'ai envoyé au type qui l'a fait paraître !

— C'est du grand n'importe quoi ! Il n'a jamais été question de nuire à la Maison Angelot...

— Laisse-moi te dire que leur réputation, je m'en fiche comme de ma première couche !

— Après Carole, ce n'était donc pas suffisant à tes yeux ?

— Si... Mais on peut se faire plaisir, non ? Et puis, qui peut remonter jusqu'à nous ?

— Nous ? Non, pas nous ! Mais toi ! C'est toi qui as fait le coup. Moi, je n'y suis pour rien.

— Tiens donc... En voilà une idée... Ton implication vaut largement la mienne. C'est même pire, si tu veux mon avis... Tu savais, tu n'as rien dit aux flics. Te voilà complice...

Un rire amer ponctua cette déclaration. A l'autre bout, la voix reprit :

— Je peux tout déballer...

— Essaie un peu, pour voir ! Tu rejoindrais Carole vite fait bien fait ! Je te l'ai déjà dit, non ? Aurais-tu la compréhension bouchée ?

— Tu me dégoûtes !

— Mais bien sûr !

Il y eut un déclic. La ligne était rompue.

Samedi – 9 heures 15

L'ordre claqua dans le grand hall de cellier :

— Ravinet ? Rollat ? Dans le bureau immédiatement. Il y a quelques petites choses à éclaircir d'urgence.

Les quelques visiteurs présents en ce début de matinée se retournèrent sur le lieutenant Borland, avant de retourner à leur découverte des crus, pensant tout simplement à une mise au point de la part des propriétaires, en direction du personnel.

Les deux journalistes, qui venaient d'arriver à Marignieu, filèrent vers le fond du hall, et entrèrent dans le bureau mis à disposition pour l'enquête :

— L'un de vous deux pourrait-il nous expliquer ce bordel ? tonna Borland.

Il jeta l'exemplaire du journal devant les deux hommes, qui n'y jetèrent qu'un vague coup d'œil :

— Ça ? grogna Jean Paul Ravinet... C'est tout simplement un coup de Pascal Mortier. Il est coutumier de ce genre de choses. Et encore, d'après ce qu'on a lu, il n'a pas noirci le tableau, il n'a pas inventé ce qu'il ne connaissait pas !

— J'ose espérer que ce n'est pas vous qui l'avez tuyauté ? demanda Delpiéri.

— Tu rigoles, là ? osa André Rollat à l'adresse de l'adjudant.

— Parce que j'en ai l'air ?

— Non ! Mais ni Jean Paul, ni moi, n'avons fait la connerie de le mettre au courant. On connaît trop l'individu pour jouer avec le feu.

— Alors, qui ?

— Aucune idée. On l'a juste aperçu hier matin. Il est venu ici, mais est resté très discret, comme à son habitude. Quant à savoir de quelle manière il a eu les renseignements... Il est assez malin pour piquer ici et là des bribes de conversation et monter tout un reportage, quitte à revenir dessus le lendemain en changeant le sens... Mais le mal est fait...

— Cet abruti a toujours le droit d'exercer son métier ? s'enquit le lieutenant.

— Oui... malgré différentes plaintes de la part de ses collègues. Il doit bénéficier de certaines protections...

— Et vous deux ? Rien de plus qu'hier sur les différents camps de l'Isère ?

C'est Ravinet qui répondit :

— A vrai dire, nous n'avons pas poussé plus avant les recherches dans les articles du Journal. Par contre, dans les archives, il n'y a aucun document spécifique à l'article initial. Les journalistes gardent parfois leurs notes ou ce qu'ils n'ont pas utilisé pour la rédaction de leurs articles. Mais là, je le répète, rien de chez rien !

— Bien... J'aimerais, dit l'adjudant en consultant Borland du regard, que vous participiez aujourd'hui à l'enquête, en fouinant dans le village. Il se peut que quelques habitants aient des choses à nous apprendre…

Le lieutenant approuva d'un signe de tête. Dédé et son ami se regardèrent rapidement, et le jeune homme déclara :

— Pour moi, c'est d'accord…

— Egalement de mon côté ! compléta Ravinet.

Eric Angelot, qui avait briffé ses troupes, venait d'apparaître dans l'encadrement de la porte. Il tenait un plateau chargé de tasses et d'une cafetière odorante disparaissant presque derrière un monticule de croissants qui eurent vite fait d'emplir la pièce de leur parfum. Ils étaient sortis du four depuis peu et allumèrent les regards de tout le monde :

— Voilà de quoi vous restaurer pour être d'attaque ! Surtout que j'ai une bonne nouvelle !

Les gendarmes haussèrent les sourcils :

— A part nous gaver à longueur de temps, quelle est cette bonne nouvelle ?

— Figurez-vous que la Maryvonne Taponard, qui habite de l'autre côté de la rue, un peu plus haut que l'entrée du caveau, a des choses à dire à ceux qui mènent les investigations !

— Bigre ! Qui est cette personne, mon cher Eric ? demanda l'adjudant.

— Tu la connais, Mathieu… La femme du Marcel !

— La femme du Marcel ?… Nom de dieu ! Elle est encore de ce monde ?

— Un peu ! Et même plus vivante que jamais. Du haut de ses quatre-vingt seize ans, elle ne peut plus courir la campagne pour alimenter ses commérages, alors elle passe toute la sainte journée derrière son carreau à épier les allées et venues dans la rue. Faut dire que sa baraque est placée idéalement : elle a une vue de chaque côté, vers le haut en direction des vignobles, et vers le bas jusqu'au virage avant la départementale. Bref ! Elle contrôle tout le passage dans le coin !

— Et elle a des choses à nous dire ?

— Apparemment ! La vieille n'a rien voulu me confier... Sans doute se souvient-elle des conneries qu'on a faites dans notre jeunesse, et manque toujours de confiance envers moi ! Mais elle m'a assuré que c'était du lourd !

Le lieutenant mordit avec gourmandise dans un croissant. La pâtisserie était excellente. La bouche pleine, il répliqua :

— On va aller la rencontrer, la mamie ! J'espère que le képi lui fera oublier mes antécédents...

Samedi – 9 heures 30

Le caveau se remplissait peu à peu de visiteurs à la découverte de la nouvelle cuvée. Certains, plus curieux que les autres, osaient poser des questions sur les événements de la veille. Les demandes s'adressaient aux hôtesses ou aux œnologues. Mais chacun avait reçu des ordres stricts : interdiction de s'étendre sur le sujet, on ne savait rien, on n'avait pas envie de parler de cela. Si les questions se faisaient plus précises, il suffirait d'appeler à la rescousse un des deux frères Angelot qui se chargerait de bien faire comprendre aux curieux qu'ils ne communiqueraient pas là-dessus.

Delpiéri et Borland zigzaguèrent un moment au milieu de la foule, déclenchant quelques interrogations parmi les badauds, et finirent par sortir. Le soleil montait dans un ciel sans un nuage, réchauffant lentement l'atmosphère. Les deux gendarmes traversèrent la rue et frappèrent à la porte de la mère Taponard. Il y eut un bruit de chaise à l'intérieur, puis le battant s'entrouvrit. Un visage fripé, parcourut d'un fin réseau de rides, s'encadra dans l'ouverture :

— Oui ? C'est pourquoi ?

— Bonjour, Maryvonne... murmura Borland.

— Tiens donc, s'exclama la vieille femme en ouvrant un peu plus sa porte. Mais c'est le petit Mathieu ! Alors, chenapan, tu as décidé d'arrêter de faire l'imbécile ? C'est vrai que tu es gendarme, maintenant. Tu ne me présentes pas ton compagnon ?

— C'est l'adjudant Delpiéri, de Montrevel, près de Bourg !

— Ah ! Ah ! Le super flic dont on parle dans le journal... Je vous connais, mon brave, je sais vos exploits ! Allez, entrez donc...

Elle ouvrit la porte en grand. Ils se retrouvèrent dans une pièce à vivre composée d'un haut bahut de bois sombre, d'une table dans le même matériau entourée de quatre chaises paillées. Le papier peint était certes ancien, à motif de fleurs pastel qui grimpaient en treille jusqu'au plafond constitué de poutres sans doute centenaires ; près de la fenêtre, un fauteuil couvert d'un plaid à carreaux, poste d'observation privilégié de la dame.

Maryvonne Taponard leur désigna deux chaises, où ils prirent place, sachant que l'entrevue risquait d'être un peu longue. Leur hôte leur servit une tasse de café, et quelques madeleines servies dans un plat en bois tourné.

— Vous avez demandé à nous voir, attaqua Mathieu Borland.

— C'est ma foi vrai, mon p'tit. Figure-toi qu'hier j'ai bien vu le va-et-vient des véhicules de la gendarmerie, celui des pompiers. Et puis la civière qui est sortie derrière la maison des Angelot, pour que personne ne la voye ! Ils ont fait vite pour l'enfourner dans le camion des pompiers, je peux t'le dire ! La pauvrette, elle avait pas demandé ça. Si c'est pas malheureux, se faire assassiner si jeune...

— Vous connaissiez Carole ? coupa l'adjudant.

— Comme ci comme ça... Elle a dû venir me voir quelques fois, quand elle avait le temps. Une brave petite... Sa copine aussi, une brave petite...

— Vous l'avez vue, cette dernière...

— Une fois. La seule fois où elle est venue à Marignieu. Il y a bien deux ans, ou deux ans et demi. Elles avaient peur qu'on jase sur leur relation... Les gens sont si bêtes ! Bien sûr, j'ai jamais causé là-dessus... Pensez donc. On ne sait pas ce qui serait arrivé si certains avaient su...

La discussion risquait de s'enliser très vite. La vieille dame ne devait pas avoir beaucoup de visites et tâchait de les retenir le plus possible, en les entraînant sur des chemins de traverse. Tout en mordant dans une madeleine, Delpiéri l'aiguilla sur ce qu'elle voulait leur dire :

— Que s'est-il passé dans le quartier, dont vous vouliez nous parler ?

— Oui, j'y viens... C'est vrai que vous avez sans doute autre chose à penser que d'écouter les bêtises d'une vieille bonne femme... Eh bien, monsieur l'adjudant, figurez-vous que j'ai peut-être vu l'assassin !

Stupéfaction des deux hommes :

— Comment cela ? dit très vite Borland.

— Voilà, voilà. Me brusque pas, tu veux, c'est pas bon pour mon cœur ! C'était la nuit de dimanche à lundi dernier. Il pouvait être minuit ou la demie, je sais plus... J'ai pas regardé la pendule. Je m'étais levée pour aller là où vous savez, quand j'ai entendu un bruit de moteur. En pleine nuit, par ici, c'est quand même rare... Alors, j'ai éteint la lumière, et j'ai regardé dehors... Il y avait bien une voiture, garée un peu plus haut dans la rue. Eh bien, figurez-vous que Carole en est descendue, de cette voiture !

— Seule ?

— Attends donc, bon sang... T'es ben toujours aussi pressé que quand t'étais un mioche ! Sûr que non qu'elle était pas seule, la gamine, puisqu'elle est sortie par la portière du passager ! Celui ou celle qui conduisait l'a rejointe au milieu de la rue. J'ai pas bien vu si c'était un homme ou une femme... Ils sont entrés dans la cave, par la même porte que les pompiers ont sorti la civière hier.

— Et ? demanda un lieutenant totalement pendu aux lèvres de Maryvonne.

— Quoi, et ? s'étonna-t-elle.

— Vous les avez vus ressortir de là-dedans un peu plus tard, je suppose ?

— Ben non... A l'heure qu'il était, je m'en suis retournée me coucher. A mon âge, si je ne fais pas une bonne nuit, je suis mal foutue toute la journée d'après !

L'adjudant remua sur sa chaise. Il fixait une gravure jaunie représentant un paysage ancien qu'il hésitait à situer. Il fixa la dame Taponard, se demandant si elle se moquait d'eux en affirmant qu'elle avait quitté son poste d'observation, ou au contraire, si elle était sincère. Il finit par opter pour la seconde solution : elle n'était certainement par le genre de commère à garder pour elle seule ce qu'elle aurait surpris autour de son logis. C'était en quelque sorte son fond de commerce, elle devait jubiler chaque fois qu'elle apprenait à une autre curieuse de ses commères un fait dont cette dernière n'avait pas eu connaissance la première ! Il lui posa une autre question :

— Vous souvenez-vous de la marque de la voiture que vous avez aperçue ce soir-là ?

— Oh... non ! D'abord parce qu'à mon âge, je m'en fiche un peu, des marques, elles se ressemblent toutes les voitures... Et puis il faisait nuit, et là-bas, il n'y a pas de lampadaire...

— Pas même la couleur ?

— Ben... Peut-être qu'elle était assez sombre... Un truc tirant sur l'orange foncé, à moins que ça soye marron... Mais je ne suis pas bien sûre... J'en mettrais pas ma main à couper, vous savez...

— Donc, vous avez aperçu Carole Grandin entrer dans la Maison Angelot en compagnie de quelqu'un vers minuit et quelques...

— J'viens d'vous le dire ! Vous n'avez pas compris, ou quoi !

— Une dernière question, Maryvonne, intervint le lieutenant. Cela lui arrivait-il souvent de venir à la cave en pleine nuit ?

— Ben non... C'était la première fois... Enfin, que j'la voyais comme ça... Elle y était peut-être déjà venue, j'sais pas moi... Je passe pas mes nuits à ma fenêtre. J'suis comme tout le monde : la nuit, je dors !

Les deux gendarmes prirent rapidement congé de la vieille femme. Ils retournèrent dans le bureau pour consigner leur entrevue et afficher l'info au panneau de l'enquête. Bien maigre panneau qui ne s'étoffait pas très vite. Certes, le témoignage de Maryvonne Taponard apportait un fait intéressant, mais était fragile et peu exploitable pour l'instant : elle n'avait pas pu indiquer si la seconde personne était un homme ou une femme, ni donner d'indication valable sur le véhicule.

De leur côté, les deux journalistes avaient fait chou blanc. On ne se confiait pas aisément à des inconnus venus poser des questions à propos d'un meurtre qui concernait le village. Ils eurent beau dire que c'était Mathieu Borland qui les envoyait, cela ne leur ouvrit pas plus les portes. Quelqu'un leur grogna même : « Si le gamin il veut des renseignements, il a qu'à venir lui-même ! »

Samedi – 10 heures 25

En milieu de matinée, alors que la foule était compacte aux abords du caveau, le portable de l'adjudant vibra. C'était un message du légiste André Lorrain. Il annonçait qu'il avait envoyé par mail un résumé de l'autopsie, « les points essentiels ».

Aussitôt, Isabelle Morel ouvrit sa messagerie et afficha le courrier :

« Je confirme les constatations de mon collègue de Belley : il y a bien eu un coup frappé derrière la nuque, du haut vers le bas, par quelqu'un de droitier. Ce coup, violent, n'a pas entraîné la mort immédiate de la victime, mais l'a très certainement plongée dans une sorte de comas ! L'état des cervicales en est la preuve : le coup a été très violent. Par contre, je n'ai pas retrouvé d'autres ecchymoses sur le corps. Il n'y a donc pas eu lutte. A noter que Carole Grandin prenait grand soin d'elle-même… Les quelques griffures ici et là sur le haut du dos, et l'arrière des cuisses correspondent aux éraflures sur les vêtements, quand l'assassin l'a poussée par la trappe située en haut de la cuve.

« Elle était donc toujours vivante quand son meurtrier l'y a plongée, preuve en est la présence de vin dans les poumons. Cependant, la mort a dû être rapide, car l'alcool n'a pas eu le temps d'être véhiculé dans le corps par le sang : les organes sont sains.

« J'ai retrouvé un bout de fibre accroché à la chaîne qu'elle portait autour du cou, qui ne me semble pas provenir de ses propres vêtements. A toutes fins utiles, j'ai tout envoyé au labo. Peut-être est-ce issu des vêtements de celui qui l'a tuée.

« Le corps n'a pas subi d'agression, d'ordre sexuel ou autre. Je tiens mon rapport complet à votre disposition. »

— Cela ne nous avance pas beaucoup, constata Borland.

— Il va falloir trouver autre chose, en effet. Cette affaire démarre de travers... Isabelle, tu n'as toujours rien de neuf ?

— Que dalle ! Soit elle a planqué des trucs dans des fichiers quasi inaccessibles de sa machine, soit on a déjà tout en notre possession...

— Peux-tu obtenir de son opérateur téléphonique la liste des appels qu'elle a passés le mois avant sa mort ?

Le visage d'Isabelle s'éclaira :

— Les appels entrant et sortant sur son portable, pas de problème... Aïe... Problème... On est samedi, et le samedi...

— Ne me dis pas qu'il va falloir attendre lundi ? L'assassin risque de disparaître dans la nature, si ce n'est déjà le cas...

— Attends... J'ai peut-être un moyen plus... rapide ! Je ne sais pas si cela va fonctionner...

— Je ne veux pas savoir comment tu vas t'y prendre, mais fais vite ! conclut Delpiéri en adressant un clin d'œil à Borland.

Ils sortirent de la pièce. Le lieutenant retint son collègue, visiblement interloqué :

— Ne me dis pas que tu l'autorises à passer par des voies détournées pour obtenir des renseignements ? C'est un coup à se retrouver avec un vice de forme qui foutrait toute la procédure en l'air, nom de dieu !

— Pas avec Isabelle ! fit une voix derrière lui.

Il se retourna d'un bloc. Patricia Delmonod, la procureure, souriait de toutes ses dents.

— On ne risque rien, Borland. La gamine est capable de vous fouiller les poches et le cerveau sans que vous vous en rendiez compte. Elle est un as dans son domaine... Partout où elle est passée, elle n'a laissé aucune trace.

— J'entends bien, madame la Procureure, bien que je trouve ... limite ... que vous laissiez faire, mais on aura un document inexploitable dans la mesure où on ne pourra pas l'utiliser comme preuve !

— T'en fais pas, expliqua l'adjudant ; si le relevé nous est d'une quelconque utilité, on en fera la demande auprès de son fournisseur !

— Vous êtes flippant, tous les deux ! fit le lieutenant. Je n'ai visiblement pas le choix...

Ils furent interrompus par un Eric Angelot passablement inquiet, qui les attira à l'écart :

— On a un souci, annonça-t-il. Une des hôtesses a disparu !

— Qui ?

— Camille Hernandez ! Elle était là ce matin à l'ouverture, et depuis... personne ne sait où elle est passée !

— Tu veux dire... commença Borland.

— Je ne veux rien dire du tout, mon vieux. Je constate qu'elle n'est plus là, c'est tout !

— Elle paraissait en forme, ou préoccupée, ou inquiète, ou je ne sais quoi encore ? demanda la procureure.

— Pendant la petite réunion, en début de matinée, elle avait l'air tout à fait normale, comme à son habitude. Ce n'est pas le genre à sauter de joie à chaque seconde, c'est vrai... Mais là, non, je n'ai rien remarqué de particulier... Est-elle venue vous voir ?

— Eh non ! Tu lui as dit qu'on désirait lui poser quelques questions supplémentaires ? demanda le lieutenant.

— Bien sûr que oui... Elle a ensuite quitté la salle, disant qu'elle allait vous rencontrer.

— Elle n'est jamais arrivée au bureau !

— Et merde ! lâcha Borland. En voilà une qui aurait mis les bouts que cela ne m'étonnerait pas ! Pas net, ça... Aurait-elle des choses à se reprocher ?

Delpiéri réfléchissait à toute allure :

— De deux choses l'une, dit-il : soit elle est impliquée dans la mort de Carole, et elle est maintenant en fuite ; soit elle a peur de quelque chose... ou de quelqu'un...

Patricia Delmonod voulut calmer l'adjudant :

— Minute, adjudant... C'est peut-être plus simple que ça. On vous a dit qu'elle était plus ou moins amie avec la victime. Votre première hypothèse est alors excessive, non ? A moins d'avoir monté une machination de longue date... Par contre, la seconde est plus logique : elle pense savoir, ou elle sait vraiment qui est le meurtrier, et a la trouille. Une peur qui l'a fait s'enfuir... Disons plutôt se mettre à l'abri...

— Pourquoi alors n'être pas venue nous en parler ? On est tout de même capable de lui offrir une certaine protection !

— Peut-être pas à ses yeux ! Elle s'est sans doute imaginée que vous la soupçonneriez...

— Là, c'est gagné ! s'exclama le gendarme. Elle va se retrouver direct dans le camp des suspects ! A moins, bien sûr, qu'elle ait un alibi en béton !

— Conservez cependant l'option numéro deux, conseilla Delmonod, avant de faire une connerie.

Les autres avaient assisté à la passe d'arme sans intervenir. Borland ne savait pas quelle option prendre. Durant l'interrogatoire des divers employés, la dénommée Camille lui avait paru de bonne foi, franche et directe. Il se rappelait très bien qu'elle avait déclaré connaître un peu l'œnologue, sans pour autant affirmer être son amie. Eric Angelot, lui, ne croyait pas à une implication de la jeune fille dans la disparition de Carole. Il le fit savoir :

— Je connais assez Camille pour vous certifier qu'elle n'a pas pu d'une part commettre un tel acte, et d'autre part participer de près ou de loin à un quelconque complot contre Carole. Là, vous faites fausse route si vous allez dans cette direction.

Delpiéri voulut apaiser la discussion :

— Bon, admettons. Quitte à revoir la chose plus tard. Vous dîtes qu'elle a disparu au moment de l'ouverture au public, si j'ai bien compris ?

— A peu près… Elle n'a pas pris son poste à l'entrée.

— Elle habite le village ?

— Non, elle est de Flaxieu. C'est à deux ou trois kilomètres d'ici. Elle a conservé la maison de ses parents, située en haut de la rue à droite quand on arrive face à la mairie. Une bâtisse avec des volets vert foncé et un portail de bois ouvragé sous une arche de pierres de taille. J'ai appelé chez elle : pas de réponse, seulement son répondeur…

— Les parents ? Ils habitaient Flaxieu ou les Vosges ? Faudrait savoir…

— Ils sont décédés tous les deux quand elle était gamine. D'abord le père, d'une maladie de cœur. Sa femme ne s'en est pas remise et a quitté de la région, pour s'installer dans un bled perdu des Vosges, c'est vrai. Mais elle n'a pas voulu se séparer de la maison de Flaxieu, qui est restée inoccupée durant une dizaine d'année. Quand elle est morte, d'un cancer il me semble, Camille, fille unique, a hérité et est revenue au village. Elle devait avoir une vingtaine d'années à ce moment-là. C'était en 2005, au moment où elle est venue se faire embaucher chez nous. Mon frère et moi, on a hésité, elle disait ne rien connaître au vin, mais Pierre a insisté, en disant qu'il la prendrait sous son aile…

— Pourquoi ?

— Sa femme et lui n'ont pas pu avoir d'enfants… Ils habitent Flaxieu également…

— Des amis ?

— Désolé… Je ne sais pas. Tout ce que je en mesure de vous dire, c'est que c'est une personne apparemment heureuse de vivre, qui ne se lie pas facilement. Mais une fois que vous faites partie de ses amis, c'est pour longtemps !

— Elle n'est pas partie sur un coup de tête ? questionna la procureure. Une dispute avec un autre employé, ou une remontrance de votre part qui ne lui aurait pas plu ?

— Vous pouvez aisément vérifier : je n'ai que des félicitations à adresser à mon personnel. La journée d'hier, en dehors du contexte, a été en tous points remarquable. Je le leur ai d'ailleurs dit ce matin. Tout le monde a été impeccable, même avec les ... casse-pieds ! Il y en a toujours durant chaque opération de promotion...

Borland et l'adjudant se concertèrent du regard. La décision fusa immédiatement :

— Delpiéri et moi nous rendrons tout à l'heure au domicile de la jeune fille. Elle y est peut-être retournée. En cas d'absence, on se rencardera auprès des voisins. Ils ont peut-être remarqué des faits inhabituels.

Approbation d'un signe de tête de la part de la procureure. Ils allaient sortir en passant par l'arrière du bâtiment, mais en furent empêchés...

Samedi – 10 Heures 30

Sur les hauteurs du village, à l'orée de la forêt, là où le vignoble butait contre les troncs des premiers épicéas, quatre garnements préparaient la bêtise du jour. Le meneur, un dénommé Loris, expliquait son idée aux trois autres :

— C'est vachement facile, les gars ! On va fiche une trouille bleue aux premiers gugusses qui vont monter jusqu'ici pour visiter le vignoble. J'explique le plan : on se planque entre deux rangées de ceps, là où ils sont le plus épais, vu que les feuilles y en a encore pas des masses. Ces idiots vont bien entendu venir rôder autour du châtaignier. C'est logique, cet arbre est le plus gros et le plus vieux de toute la vallée. C'est pareil tous les ans ! Quand ils approchent, on court le long de la rangée, et on jaillit en beuglant comme des damnés pour les surprendre. A tous les coups ça va marcher ! On va s'en payer une sacrée tranche !

— Et on va se prendre la raclée du siècle ! fit un petit gros en grimaçant.

— Et alors ? On s'en fout, mon vieux Denis. Ce ne sera pas la première fois, ni la dernière. Rien que de voir la tronche qu'ils vont tirer, ça vaut largement le coup, non ? Allez, on y va !

Le petit groupe se mit lentement en marche. Loris en tête, ils avançaient légèrement pliés en deux pour que leurs têtes ne dépassent pas au-dessus des ceps qui n'avaient pris que quelques bourgeons. L'hiver avait été long et avait ralenti la reprise de la végétation. Devant les gosses, l'arbre se profilait à quelques dizaines de mètres, semblant surveiller l'accès au vignoble. Son gigantisme n'avait d'égal que son ancienneté. Planté dans les années 1520, il avait traversé les siècles, prenant de l'ampleur au fil des ans et arborait maintenant un tronc de près de douze mètres de circonférence. Ce tronc avait la particularité de présenter une sorte de fêlure qui partait à un peu plus d'un mètre du sol, comme si on avait tenté de le partager en deux depuis le haut. Certains parlaient d'un coup de foudre pendant un orage. Cela formait une sorte de plateforme suspendue dans l'épaisseur du bois où des générations de gamins avaient joué en se prenant pour des pirates ou autres explorateurs sans peur, grimpant là-dessus avant de s'élancer plus haut au milieu des branches énormes et tordues par mille tempêtes depuis qu'il fût arbrisseau.

Loris sauta le premier sur la plateforme, reprenant son équilibre en soufflant. Suivirent Denis, Thomas et la seule fillette du groupe, Coraline, vrai garçon manqué malgré son allure frêle et ses postures un tantinet maniérées. Les quatre gosses, du haut de leur observatoire, jetèrent un regard vers le bas du vignoble : au-delà des vagues de ceps, personne en vue, les visiteurs avaient sans doute peur de se mouiller les pieds !

— Pourtant la rosée est très bonne pour le teint ! susurra La petite fille.

— Oh, ça c'est sûr. Depuis que je m'en asperge tous les matins, j'ai la peau douce, douce, si douce… soupira Thomas du haut de son grand corps dégingandé, en se dandinant comiquement d'un pied sur l'autre.

— Tu sais que t'es un peu idiot ! coupa Coraline.

— Silence, moussaillons ! gronda Loris. Il nous faut préparer l'abordage du premier navire qui apparaîtra à l'horizon…

Le garçon se prenait pour un pirate, sans doute des Caraïbes, et imposait son point de vue à ses copains, lesquels s'en arrangeaient à chaque fois. Cela plaisait aux deux autres garçons, leur évitant de se creuser la cervelle pour trouver des idées de jeux. Quant à la jeune demoiselle, elle ne demandait qu'à se sauver de chez elle, où l'atmosphère entre ses parents tournait de plus en plus à la querelle permanente. Elle avait compris depuis longtemps qu'ils filaient droit à la séparation, et donc les délires de son ami lui permettaient de penser à autre chose, de s'envoler dans des aventures extraordinaires qu'elle transcrivait ensuite en les enjolivant parfois dans un gros carnet intitulé « Mes voyages fantastiques ».

Pour l'heure, le chef donna ses ordres :

— Denis, à la dunette !

— Pétard, c'est toujours pour ma pomme, de grimper en haut du mât…

— Ah ! Ah ! Serait-ce une mutinerie, matelot ?

— Tu me gonfles, capitaine ! J'y vais…

Le jeune garçon tourna le dos à ses camarades et commença l'escalade du géant, et se servant des moignons de branches brisées au cours des ans. Les autres ne virent bientôt plus que ses pieds. Le pirate allait donner un nouvel ordre pour mettre le bateau en alerte, quand un cri strident leur tomba dessus :

— Aaaah ! Les gars… v'nez voir… c'est pas vrai…

Le bonhomme dégringola vers les autres, moitié glissant moitié sautant. Il fallut les bras des trois enfants pour l'empêcher de foncer tête la première contre la partie du tronc qui refermait la plateforme côté vignoble.

— T'es pas bien, mec ! gueula Loris.

— Y a, y a… une femme… là-haut…

— Eh ben… T'es vraiment tombé sur la tête !

— La ferme Loris ! J'te dis qu'il y a une bonne femme, juste au dessus... Elle bouge pas...

Pas un seul matelot ne lui avait jamais parlé ainsi... Loris, un peu abasourdi, entreprit d'escalader le châtaignier, suivi par les trois autres. Si jamais ce poltron de Denis lui avait raconté des craques...

— Merde ! jura-t-il soudain.

Calée entre deux grosses branches formant une sorte de fourche en forme de V, une femme était recroquevillée. Elle ne bougea pas quand le chef lui parla :

— Hé ? M'dame ? Ça va ?

Coraline haussa les épaules :

— Tu vois bien que non, andouille ! Elle bouge pas...

La fillette s'approcha, passant devant le capitaine. Elle haussa les sourcils :

— Mais... On dirait une de celles qui travaillent chez Angelot... Tu sais... Elle s'appelle... Mince, je me rappelle plus...

— Camille, c'est Camille ! murmura Thomas, les yeux exorbités. Tu crois qu'elle est... ?

— Morte, c'est ça ? souffla Denis, plus pâle que jamais.

Coraline se baissa, près du corps qui semblait endormi. Elle hésita, puis tendit la main vers le cou de la jeune fille, et posa deux doigts sur ce qui lui paraissait être l'emplacement où les experts de la télé savaient si quelqu'un était mort ou pas. Sous la peau fine, elle crut sentir comme un tressaillement. Elle retira sa main d'un geste vif, plus par réflexe que par peur :

— J'crois qu'elle est pas morte, dit-elle en faisant la moue.

Loris retrouva son rôle de capitaine des pirates :

— Thomas, tu fonces chez Angelot, qu'y rappliquent tous ici !

— Pourquoi moi ?

Décidément, ce matin, ses troupes commençaient à lui chauffer les oreilles.

— Parce que t'es celui qui a les plus grandes jambes, pardi !

L'autre le regarda avec un air crétin, puis tourna les talons et bondit. Il fut à deux doigts de s'empaler sur un des piquets soutenant la première rangée de ceps, mais disparut à toute allure dans la descente vers le caveau. C'était vrai qu'il avait les plus grandes guiboles du groupe !

Samedi – 11 heures

La cavalerie arriva quelques minutes plus tard ! Des minutes qui parurent des siècles aux trois gamins. Pourtant, Thomas n'avait pas pu faire plus vite : il avait débarqué au milieu des visiteurs des Portes Ouvertes, en beuglant : « M'sieur Angelot ! M'sieur Angelot ! », manquant de s'affaler plusieurs fois dans le grand hall, et déclenchant quelques rires ici et là. C'est Philippe, en grande discussion avec la procureure et Delpiéri qui l'avait arrêté et tiré à l'écart. Il s'apprêtait à lui parler du pays, mais le gamin, plus bas cette fois, jeta tout à trac :

— M'sieur… moi et les copains, on était au châtaignier, à c't'heure… eh ben… eh ben… y a une femme qu'est morte en haut du tronc…

— Comment ça, une femme… commença le viticulteur.

— Ben oui… Camille… elle est là-haut…

— Nom d'un chien ! gronda l'adjudant. Tu es sûr de ce que tu racontes, gamin ?

— Oh oui, m'sieur le gendarme… Je l'jure ! Mais elle n'est p't'être pas vraiment morte…

Philippe Angelot confia le jeune Thomas à une des hôtesses, tandis que le gendarme lançait ses ordres :

— On fonce… Vous avez une voiture qui puisse accéder à l'endroit en question ?

— Le 4X4 d'Eric… Je l'avertis.

L'adjudant se retourna, et commença à courir vers la sortie, suivi du vigneron. Au passage, il tapa sur l'épaule de Dédé en train de déguster un verre :

— Tu viens avec moi, au trot !

De surprise, le journaliste lâcha son verre qui s'écrasa au sol, et bondit à sa suite, lui-même talonné par son collègue Ravinet. La procureure préféra attendre le véhicule du frère de Philippe. Quant au jeune Thomas, il faussa compagnie à Julie Porterouse sans entendre ce qu'elle lui disait pour le réconforter, et s'élança derrière le groupe qui venait d'être rejoint par Borland. C'est au pas de course que tous gravirent le raidillon menant au vignoble.

Là-haut, les trois mioches poussèrent des soupirs de soulagement quand ils virent débarquer les adultes, se disant que parfois, ces derniers pouvaient être d'une certaine utilité !

Delpiéri, les poumons en feu, leur fit signe de descendre de leur perchoir. Loris lui montra le chemin à suivre. L'adjudant sauta sur le « pont » du navire, s'avança et jeta un regard vers le corps de la jeune fille. Il répéta le geste de la fillette quelques minutes avant, posant les doigts au bon endroit. Il murmura :

— Elle est en vie !

Il s'agissait bien de Camille Hernandez. Il comprit pourquoi elle n'était pas venue les retrouver dans le bureau... Apparemment, elle ne semblait pas avoir subi d'agression, il n'y avait pas de trace visible d'éventuels coups. Pas de sang non plus...

— Il arrive votre frangin ? demanda le gendarme.

Un bruit de moteur lui apporta la réponse. Le 4X4 grimpait la côte à allure forcée. Delpiéri fit un signe à Dédé :

— Tu me fais un paquet de clichés de la scène en attendant la bagnole. T'as quinze secondes !

Le journaliste se mit au travail.

Dès que les photos furent prises, Borland et Philippe Angelot prêtèrent main forte à l'adjudant pour extirper le corps de sa position inconfortable. Ils prirent toute les précautions possibles pour ne pas accentuer un quelconque traumatisme. La jeune fille fut récupérée par les deux journalistes, et déposée sur l'herbe au pied du tronc. Les trois hommes sautèrent de la plateforme. Les quatre gamins n'avaient pas perdu une miette de l'intervention. Loris, bouche ouverte, promenait son regard de l'un à l'autre, échafaudant de nouveaux futurs scénarios. Il venait tout bonnement de penser que le pirate allait se transmuter en héros de la police !

Eric Angelot avait reculé son véhicule au plus près. Il laissa le moteur tourner. La procureure descendit de la voiture, avec un signe de tête interrogatif en direction de Delpiéri :

— Elle vit encore, madame, la renseigna le gendarme.

— Une bonne nouvelle… Du sang, des indices, des traces quelconques ?

— A première vue, non ! Je ne crois pas qu'il y ait eu agression…

— Alors… que faisait-elle là-haut ?

— Aucune idée ! Les médecins devraient pouvoir nous le dire !

Le viticulteur avait baissé le hayon de son 4X4, et déplié les sièges en position allongée, ménageant ainsi un espace où ils purent allonger la jeune fille. La procureure s'assit à côté d'elle pour la maintenir durant le trajet. Certes, ce n'était pas très confortable, mais le temps pressait. Le temps que les secours arrivent, ils seraient arrivés à Belley.

— Direction l'hôpital, ordonna Borland. On ne réfléchit pas, on fonce ! Je récupère la voiture de la gendarmerie, et je passe devant avec la sirène et tout le bazar…

— Moi, je reste ici, dit Delpiéri… Quelques questions à poser à ces garnements. Il y a aussi la zone à sécuriser avant que tout ne soit piétiné…

— Je préviens le docteur Lémani, fit la procureure. Que tout soit prêt quand nous arriverons.

Vingt secondes plus tard, le véhicule avait disparu. On entendit bientôt la sirène de Borland. La course contre la montre continuait.

L'adjudant grimpa de nouveau sur le tronc du châtaignier. Il inspecta minutieusement l'endroit, pendant que les journalistes faisaient de même tout autour de l'arbre, en élargissant le cercle. Philippe Angelot, de son côté, dut contenir les gosses à distance :

— Y font quoi, là ? se risqua Loris.

— Pétard, tu regardes jamais la téloche ? Ils cherchent des indices laissés par le meurtrier, pour pouvoir le confondre et lui mettre la main dessus, lança Denis.

— Mais celui qui est là-haut a dit qu'il ne pensait pas à une agression…

— T'es chiant !... J'en sais rien… Il s'est peut-être planté…

Le jeune chef ne fit aucun commentaire : c'était la troisième fois qu'un matelot lui tenait tête en moins d'une demi-heure ! Fallait vraiment changer de scénario, sinon il risquait de ne plus être leur chef dans pas longtemps !

Delpiéri avait sorti de sa poche une mini torche, le creux issu de la déformation du tronc étant passablement sombre. Il promena le pinceau lumineux dans les moindres recoins, à l'affût de toute chose dont la présence serait incongrue en ces lieux. Pas de traces de sang, pas de griffures contre l'écorce assez unie de l'arbre, pas de dépôt de terre ou de gravier, rien qui puisse indiquer une lutte, même minime, ni qu'on avait fait glisser le corps de Camille pour le grimper là. Il aurait d'ailleurs fallu être de robuste constitution pour se lancer dans une telle entreprise. Le gendarme s'apprêtait à éteindre sa lampe quand le faisceau lui renvoya un éclair, si faible qu'il avait failli ne pas y prêter attention. Il s'accroupit, approcha la torche. Quelque chose brillait. Il saisit son couteau, et fouilla l'espace entre l'écorce en partie détachée et le tronc. Peu à peu, il amena à la lumière une sorte de… bonbon blanchâtre, à moins que ce ne soit…

— Et merde ! lâcha-t-il soudain, avant d'éclairer ce qu'il avait récupéré au creux de sa paume.

Un cachet, rond, enrobé d'une pellicule blanchâtre, comme des millions d'autres cachets. Il était de petite taille. Comment était-il arrivé là ? Si l'hypothèse qui venait de s'imposer à l'esprit de l'adjudant se révélait exacte, il n'y avait pas de temps à perdre. Il se retourna vers les gosses :

— Vous venez souvent ici, les mômes ?

— Ben ouais, répondit timidement Coraline, en coulant un œil inquiet en direction de Philippe Angelot, qui sourit et vint à son secours :

— Des milliers de générations de gosses ont escaladé ce vieux châtaignier, vous savez.

— Bien, reprit le gendarme. Et c'est l'un de vous qui a laissé tomber un cachet comme celui-là ?

— Pour ça non ! fit la fillette. On l'a jamais vu ce truc...

Delpiéri sauta de son perchoir, pour examiner sa trouvaille. Le cachet présentait une forme ovale, longue de moins d'un centimètre. D'un côté, étaient gravés deux Z majuscules séparés par un fin sillon permettant de partager la pilule. De l'autre côté, une seule inscription : 7,5. Probablement le dosage. L'adjudant jura une nouvelle fois, et sortit son portable. Il composa le numéro de la procureure :

— Madame, expliqua-t-il, il est possible que nous soyons face à une tentative de suicide...

Il lui expliqua ce qu'il avait relevé sur le cachet, pour le docteur Lémani.

A peine avait-elle coupé la communication, qu'elle composa très vite un message pour le médecin à l'hôpital de Belley. La réponse arriva dans la minute :

— La jeune fille a absorbé du Zopiclone, mortel à haute dose. Savez-vous combien de comprimés elle a avalé ?

— Aucune idée, fut la réponse de la magistrate.

— Alors, faites au plus vite. Je vous attends et prépare tout ce qui nécessaire à un lavage d'estomac ».

Eric Angelot accéléra encore, collant à la voiture de Borland qui entra dans Belley sirène hurlante et gyrophare clignotant. Les autres véhicules se garèrent tant bien que mal pour leur laisser le passage. Aux urgences de l'hôpital, une équipe attendait et prit immédiatement Camille en charge. Son pouls était de plus en plus faible.

L'attente commença.

Delpiéri, avec l'aide de Philippe Angelot et un gendarme de Belley établirent un périmètre de sécurité autour du tronc du châtaignier, avec interdiction d'y pénétrer. Berniaud, le collègue du lieutenant resta sur place en attendant l'arrivée du technicien.

L'adjudant et le viticulteur redescendirent au cellier, où la plupart des visiteurs ne se préoccupaient pas de savoir la raison de tout ce remue-ménage. Seuls les quelques habitants présents posèrent des questions, auxquelles ils n'eurent que des réponses évasives. Une fois dans le bureau, le gendarme demanda :

— Je suppose que vous connaissez l'adresse du domicile de cette demoiselle ? Flaxieu, c'est par où ? Je vais aller y faire un petit tour…

— Alors, vous prenez à gauche en bas de la rue, puis, au carrefour avec la route de Ceyzérieu, vous filez tout droit en face. En arrivant sur la place de Flaxieu, je vous suggère de demander au maire qui est présent le samedi matin dans son bureau. Il pourra vous accompagner. C'est un ami, je le préviens de votre arrivée.

Samedi – 12 heures 10

L'adjudant avait rapidement fait le trajet. Le premier magistrat de la commune de Flaxieu l'attendait devant le bâtiment de la mairie :

— C'est gentil à vous de me servir de guide, dit l'adjudant en serrant la main tendue.

— Philippe m'a rapidement mis au courant. Camille aurait donc tenté de mettre fin à ses jours ?

— A vrai dire, nous ne savons pas encore ce qui s'est passé exactement…

— Cela me paraît étrange. Elle n'est pas du genre à commettre ainsi l'irréparable. C'est quelqu'un aimant la vie. Elle fait partie de diverses associations, dans la commune et au niveau du canton, qui rythment et animent la vie locale.

— Pas de problèmes de relation avec les autres ? Pas d'ennuis ? Pas d'altercations ?

— Ah non ! Pas du tout… Je dirais même qu'il lui est arrivé de dénouer des situations… délicates, des bisbilles entre deux ou trois de ses amis.

— Bien… Peut-on se rendre chez elle ?

— Bien sûr… Mais je n'ai pas de clés…

— Cela, monsieur le maire, c'est mon affaire. Je vous demanderai cependant de rester en ma compagnie comme témoin de ma visite chez Camille Hernandez.

Ils s'engagèrent dans la rue principale du village, là où se trouvaient les plus anciennes demeures, en pierres de tailles et ouvertures en arc de pleins cintres. Le village avait su conserver son patrimoine, rappelant aux gens de passage qu'il avait compté par le passé.

La maison de la jeune fille se cachait au cœur d'un petit clos, derrière un mur de pierres blanches. Le portillon n'était pas fermé à clé. L'adjudant se préparait à se servir du passe qui permettait d'ouvrir la plupart des serrures… Mais il s'aperçut que la porte d'entrée n'était pas close. Il mit la main sur le bras du maire, pour lui signifier de stopper, tout en posa son index contre ses lèvres. Le maire eut un haussement de sourcils, et se déplaça sur le côté, contre le mur, à l'abri comme lui faisait signe le gendarme.

Delpiéri sortit son arme. Il n'appréciait pas ce genre de situation. Encore moins devoir avancer révolver en avant… Il poussa la porte du bout du pied. Une pièce à vivre s'ouvrait devant lui. Vide. Il entra, les yeux allant rapidement d'un point à un autre. Personne… Il reprit sa respiration un peu trop bruyamment à son goût, et, avisant une porte dans le fond, s'en approcha. Elle était entrouverte. Se plaquant contre la cloison à la droite de l'ouverture, il repoussa lentement le battant. C'était une bibliothèque, ou un bureau… Egalement vide.

Il revint vers l'entrée, faisant signe au maire qu'il pouvait venir sans risque.

Un escalier couvrait un des murs, donnant sur une mezzanine. L'adjudant monta rapidement. Mais là, comme dans la chambre qui faisait suite à la mezzanine, il ne découvrit rien de bizarre. Tout lui paraissait en ordre.

Le logement ne semblait pas avoir été visité, ou alors par quelqu'un qui eût tout remis en place exactement au même endroit. Ce que le gendarme savait quasiment impossible. Il redescendit au rez de chaussée.

Les deux hommes se retrouvèrent dans la bibliothèque. Hormis les rayonnages chargés de livres, une lourde table occupait une partie de l'espace. Sur la gauche, un ordinateur, éteint, côtoyait une pile de livres dont certains étaient ouverts, d'autres laissant voir toute une série de marque-pages.

Le maire se pencha au dessus d'un des ouvrages. Il parcourut la page du regard, avant de froncer les sourcils :

— Etrange...

— Quoi donc ? questionna le gendarme.

— Il semblerait que...

Il voulut déplacer le livre pour observer celui du dessous, mais l'adjudant arrêta son geste de justesse :

— Ne touchez à rien. Si cette maison a été visitée, il peut rester des empreintes. Vous pourriez polluer la zone !

Il avait enfilé des gants de latex. Il saisit l'ouvrage délicatement et le poussa sur le côté. Celui qui apparut fit de nouveau grimacer son guide :

— C'est bien ce que je pensais...

— Expliquez-vous, s'il vous plaît.

— Camille est venue me voir en mairie il y a une dizaine de jours. Elle voulait parcourir les registres municipaux, les comptes-rendus des conseils des années 1939 et suivantes, et cela sur une dizaine d'années. J'ai bien entendu été surpris et lui ai demandé ce qu'elle cherchait...

— Et ?

— Camille s'intéressait à la vague d'émigration qui a suivi la victoire de la dictature en Espagne, dans les années précédant le dernier conflit mondial. Apparemment, ses grands parents, ou arrière-grands-parents faisaient partie des nombreux Républicains qui ont dû fuir leur pays pour échapper à une mort certaine...

— Vous en a-t-elle dit plus ?

— A vrai dire, non. Mais j'ai cependant cherché à en savoir plus. J'ai donc posé quelques questions anodines aux anciens du village, en particulier à ceux, malheureusement plus guère nombreux, qui ont participé aux opérations de la Résistance locale, et à même de se souvenir d'éventuels étrangers arrivés durant cette période. Les arrière-grands-parents de la jeune fille se sont bien installés ici en 1940, dans une remise à la sortie de Flaxieu sur la route de Belley. Ce ne fut que durant l'après-guerre qu'ils firent l'acquisition de cette maison. Francisco Hernandez exerça la profession de bourrelier, à la grande satisfaction des habitants, qui évitèrent ainsi de se déplacer vers la ville.

— Je suppose qu'ils ont disparu ?

— En effet. Ainsi que les grands-parents de Camille il y a une dizaine d'années. Et ses parents…

— Oui, je sais… La mort du père, les Vosges, puis la disparition de la mère, et le retour ici… Elle recherchait donc comment ses ancêtres étaient arrivés dans votre village. Ce n'est pas un crime, loin de là ! Y a-t-il d'autres immigrés espagnols sur le territoire de votre commune ?

— Non… Du tout…

Delpiéri se tourna vers les rayons chargés de livres. Un grand nombre de romans occupaient les étagères. Une d'entre elles attira le regard de l'enquêteur : il y avait là toute une série d'ouvrages traitant d'une part de la Guerre d'Espagne, et d'autre part du conflit mondial qui suivit. Un album photographique terminait la rangée, dont le gendarme s'empara. Il contenait des photos anciennes, représentant sans aucun doute les ancêtres de la jeune Camille, tout d'abord en Espagne, puis dans la région de Flaxieu. Mais rien sur la période entre leurs deux vies, rien qui ne permît de comprendre ce qui leur était arrivé durant leur fuite d'Espagne. Il referma l'album, et le remit à sa place, non sans avoir vérifié qu'il ne manquait ni page, ni cliché.

A première vue, personne n'était venu fouiller ce logement.

Les deux hommes sortirent de la maison. Le gendarme referma la porte, se servant cette fois de son passe pour la sécuriser. Il devrait établir si la propriétaire avait oublié de clore son entrée ce matin même, ou si quelqu'un avait pénétré par effraction dans son logement. Sans doute serait-elle rapidement sur pieds pour éclaircir ce point.

— Je vais envoyer une collègue pour vérifier l'ordinateur, annonça Delpiéri. Cela ne lui prendra que fort peu de temps.

— Je l'attends en mairie.

L'adjudant remercia le maire et reprit le chemin de Marignieu.

Samedi – 13 heures 30

Le docteur Lémani sortit dans le couloir. Il rejoignit Eric Angelot, la procureure Delmonod et le lieutenant Borland qui attendaient près d'une machine à café. Ils en étaient à leur troisième tasse ; leur débit sanguin commençait à ressembler à une course de formule 1.

— Alors ? questionna la magistrate.

— Nous avons pratiqué un lavage d'estomac, expliqua le toubib. Cependant, je ne puis me prononcer aujourd'hui, pour la bonne raison que nous ne savons pas quelle dose de cette saloperie est passée dans son organisme. Pour le moment, elle est dans le cirage, sous surveillance constante. Je vous tiendrai au courant de l'évolution de son état.

— Elle risque d'avoir des séquelles ?

— Cela dépend de ce qu'elle a absorbé. C'est parti au labo. Si elle n'a pas fait de mélange détonnant, elle s'en remettra. Dans un autre cas... nous verrons...

En langage clair, le médecin n'était pas très optimiste. Il s'excusa, étant appelé auprès d'autres malades, et s'éclipsa.

— Ce n'est donc pas aujourd'hui qu'on saura le fin mot de l'histoire ! résuma Delmonod. Nous ne pouvons que retourner chez vous, mon cher Angelot.

Tandis que les deux véhicules reprenaient la route, plus tranquillement cette fois, quelqu'un, dans un autre secteur de Belley, s'escrimait sur son téléphone, tapant frénétiquement un numéro pour la troisième fois. Et pour la troisième fois, ce fut un répondeur qui répondit, engageant à laisser un petit message :

— *Bonjour à vous ! Comme vous le voyez, je ne suis pas là, alors vous avez droit à un petit mot, juste après le bip... A vous ! »*

— C'est moi ! Où es-tu donc ? Pourrais-tu me rappeler ? Tu pourrais aussi acheter un portable, non ?

Mais rien ne se passa. Le combiné fut reposé sur son socle, tandis qu'un sourire carnassier s'étirait sur le visage du correspondant.

Le journaliste Jean Paul Ravinet avait dû retourner à Belley, où il assurait une émission de radio, émission hebdomadaire sur les festivités à ne pas manquer dans la région. Il avait longuement discuté avec André Rollat sur l'opportunité de parler du crime de Marignieu. Dédé avait fini par persuader son ami de ne pas évoquer l'affaire. Il devait revenir en fin d'après midi seulement, voire pas du tout, ayant divers rendez-vous avec plusieurs responsables de la vie locale durant ce laps de temps.

Dédé avait laissé traîner ses oreilles dans la cave Angelot, sans faire de découverte majeure. Les gens ne savaient pas grand'chose, la plupart ne faisant allusion qu'à l'absence de la maître de chai. Aussi avait-il quitté les lieux et déambulait-il dans les rues pentues du village, sous un soleil généreux, appareil photo en bandoulière. Parfois, un visage curieux apparaissait brièvement derrière une fenêtre, dans l'angle d'un rideau, pour aussitôt se dissimuler. Le journaliste prenait photo sur photo, sachant qu'il en aurait sans doute besoin pour ses futurs articles sur le meurtre.

Il arriva ainsi non loin du fameux châtaignier. Il aperçut une ombre, sous le feuillage nouveau qui commençait à verdir les branchages du vieil arbre. Rollat se mit à couvert derrière un rang de ceps et fonça discrètement en direction du tronc. L'ombre ne cherchait pas vraiment à se cacher. Qui pouvait la voir après les derniers événements qu'elle avait suivis de loin ? Elle entreprit de monter sur la plateforme où les gamins se prenaient un peu plus tôt pour des pirates invincibles. Le jeune homme avança encore, prenant moins de précautions. Il posa le pied sur un morceau de cep séché. Il s'immobilisa, fermant un instant les yeux... Trop tard ! Un crac sonore résonna dans cet espace en demi cercle adossé aux premiers contreforts de la colline. Dans l'arbre, quelqu'un d'autre se figea, avant de se retourner pour sauter dans l'herbe rase, manquant s'étaler. Un bruit de cavalcade, d'un côté l'ombre qui filait vers le bas du village, de l'autre le journaliste qui tentait de la poursuivre. Il avait une soixantaine de mètres de retard, ce qui permit à l'inconnu de disparaître à travers les ruelles du village. Ou l'inconnue ! Bien que Dédé fût persuadé qu'il ou elle s'était certainement dissimulé dans les alentours d'une des maisons, il se voyait mal sonner à chaque porte pour questionner les habitants. Il se mit donc en planque au bout de la rue, là où cette dernière rejoignait la route départementale :

— Si tu te pointes par là, tu ne m'échapperas pas ! grommela-t-il.

C'est à cet endroit que l'adjudant le trouva à son retour de Flaxieu. Il stoppa à sa hauteur, l'interrogeant du regard :

— Du nouveau ?

En deux mots, le journaliste raconta sa mésaventure. Delpiéri sourit :

— Je doute qu'il commette l'erreur de se pointer à nouveau par ici. Et toi, arrête donc de jouer à Zorro ! Monte, on réintègre le chai.

Samedi – 15 heures

Philippe Angelot les vit revenir avec soulagement. Il tenait le cellier à bout de bras depuis le départ de son frère, subissant question sur question, toutes concernant l'absence de Carole, celle d'Eric, et surtout sur la présence de la gendarmerie. Plus personne ne le croyait quand il avançait que les pandores venaient en invités... Les différents membres de son personnel étaient dans le même état d'esprit, certains prêts à craquer et à tout balancer !

L'adjudant lui fit un signe de la main, il s'approcha, sous les regards curieux d'un grand nombre :

— Vous avez des nouvelles de l'hôpital ? demanda le gendarme.

— Je sais juste qu'ils sont en route... Par contre, cela commence à sentir le roussi du côté de nos visiteurs. Une partie a évidemment eu connaissance de l'article paru ce matin, je ne vois pas autrement le pourquoi de leurs questions...

— Dès que le procureure sera de retour, on verra avec elle pour une intervention, ou une mise au point officielle.

La magistrate et les deux autres arrivèrent dans les minutes qui suivirent. Tout d'abord, Patricia Delmonod opposa un mutisme inquiétant à la demande de l'adjudant de vouloir une explication de sa part pour les visiteurs des Portes Ouvertes et pour la presse. Elle finit par donner son accord, du bout des lèvres, arguant que cela pourrait bien déchaîner la presse à sensation qui reniflait les affaires bizarres à des lieues à la ronde ! Elle insista pour participer à la rédaction d'un seul et unique panneau, qui fut apposé dans l'entrée de la Maison Angelot :

« Suite à un article paru ce matin dans un journal connu, nos aimables visiteurs trouveront ci-dessous quelques informations :

« Carole Grandin, notre maître de chai qui a élaboré la magnifique cuvée de cette année, a disparu depuis lundi dernier. Aux dernières nouvelles, un corps ayant été retrouvé près d'ici, une

enquête a été ouverte, ce qui explique la présence de la gendarmerie dans nos locaux. »

« Nous ne savons pas encore si c'est celui de Carole Grandin, ou non. »

« Aussi nous demandons à ceux d'entre vous qui auraient été témoins de faits étranges, bizarres ou inhabituels autour de notre cellier, de bien vouloir se faire

connaître auprès de Philippe ou Eric Angelot, ou d'un des gendarmes enquêtant sur place. »

— Ce n'est pas exactement ce que rapportait le canard ce matin, remarqua André Rollat. Il donnait un certain nombre de détails sur le meurtre.

— Tant pis ! fit la procureure. Il est hors de question de tout déballer sur la place publique et donner ainsi des idées à de faux témoins qui ne chercheraient qu'à se faire plaisir ! De plus, je ne veux pas prendre le risque de voir tous ces gens ficher le camp et faire capoter une opération importante pour les propriétaires de cette Maison, ou pire, en voir arriver des tonnes en quête de sensations fortes ! Les vampires, je ne supporte pas !

Le journaliste allait rétorquer, quand il s'immobilisa, le regard vers l'entrée de la cour. Il désigna un grand type armé d'un appareil photo, qui se frayait un passage au milieu des gens présents :

— Tiens donc... Madame la Procureure, regardez donc qui arrive, là-bas...

— Qui ? Je ne...

— L'inénarrable Pascal Mortier !

— Le signataire de l'article de ce matin ? Où ça ?

— Là... Le grand à la tignasse blonde...

Patricia Delmonod jeta un coup d'œil, repéra l'individu, et se lança dans sa direction :

— Monsieur Mortier, je suppose ?

— Bien supposé, madame la Procureure, ironisa l'autre qui l'avait reconnue. Je ne savais pas que vous me connaissiez. Quelle bonne surprise !

— Pas pour moi ! On peut savoir le but de votre présence parmi nous ?

— Disons que je viens aux nouvelles...

— Je ne crois pas, jeune homme ! Après le torchon que vous avez publié ce matin, je vous conseille de faire demi-tour avant que je vous inculpe pour entrave et propagation d'inepties à propos d'une enquête en cours.

— Vous n'avez pas le droit de m'évincer... La liberté de la presse, vous en faites quoi ? Vous ne pouvez pas m'interdire de faire mon travail...

— Moi, je le peux ! gronda Eric Angelot, qui avait suivi la magistrate. Je reçois qui je veux chez moi. Vous n'êtes pas le bienvenu, alors je vous conseille de dégager dans les vingt secondes !

— Mais, mais...

— Dehors, et vite, ou c'est sur les fesses que tu prendras contact avec le goudron de la rue ! Et j'appelle immédiatement le rédacteur de ton torchon !

Mortier, fort en colère, ne put que faire demi-tour, en maugréant.

Samedi – 15 heures 20

Le temps passait vite, trop vite. Plus les heures défilaient, et plus les éventuelles pistes se refroidissaient, en jargon policier. Cela jouait en faveur du meurtrier, et cela dénaturait les témoignages éventuels. Ces derniers brillaient malheureusement par leur absence.

Rollat était reparti en direction de Bourg en Bresse où il devait mettre la dernière main à un article pour le Progrès du lendemain.

Delpiéri et Borland avaient fait un nouveau point sur l'affaire. Ils considéraient le tableau agrafé contre la cloison près de la fenêtre. Les renseignements portés y étaient toujours aussi maigres.

— On piétine, râla le lieutenant, en se laissant tomber sur une chaise qui grinça. Carole a été noyée dans une barrique, cela nous en sommes malheureusement certains. Tout le reste n'est qu'une hypothèse formulée à partir des dossiers trouvés sur l'ordinateur de la petite dame...

— ... et d'après le témoignage de sa copine Laura, sans oublier les recherches de la dénommée Camille sur ses origines espagnoles, compléta la procureure Delmonod.

— C'est quand même un peu mince ! insista Borland. Peut-être cette gamine pourra-t-elle nous en apprendre un peu plus quand elle sortira de son… trip médicamenteux !

Isabelle Morel fit son entrée, mettant un terme à leur conversation. Elle revenait de l'appartement de Camille Hernandez. Elle y avait transféré sur un disque externe les dossiers concernant les pérégrinations de sa famille après la guerre civile espagnole. Elle avait également récupéré une collection de CD et DVD, méticuleusement rangés et étiquetés dans un classeur de la bibliothèque.

— Comment va-t-elle ? demanda-t-elle.

Ce fut l'adjudant qui répondit :

— Ce n'est apparemment pas très brillant. Le médecin l'a placée en soins intensifs. Il nous fait signe dès qu'elle sort du cirage. Et toi, tu as du nouveau ?

— J'ai copié un certain nombre de dossiers. Je vais maintenant les analyser. Mais je ne vous cacherai pas que je ne suis pas très optimiste. Je doute de vous servir le nom de l'assassin ! Apparemment, Camille faisait des recherches sur les membres de sa famille, sans se soucier de ce que les indigènes du coin pouvaient en penser. Point barre ! Ce qui est d'autant plus normal, ses arrière-grands-parents ayant été plutôt bien accueillis par les habitants de Flaxieu.

Elle s'installa derrière sa machine, et s'absorba dans l'écran.

Samedi – 15 heures 35

Les deux gendarmes et la magistrate se retrouvèrent dans le hall du cellier. La foule était toujours aussi dense. Les dégustations allaient bon train, la plupart d'ailleurs suivies de commandes. Nombre de visiteurs repartaient avec un ou plusieurs cartons sous le bras. Personne ne faisait allusion aux événements de ces deux derniers jours.

Patricia Delmonod remarqua un petit groupe de cinq vieilles dames qui papotaient autour d'une roue de charrette transformée en table, sur laquelle trônait une bouteille de pétillant et un énorme gâteau aux amandes grillées. La procureure arrêta Julie, une des hôtesses, qui passait près d'elle :

— S'il vous plaît... Savez-vous qui sont ces braves dames ?

— Qui ? demanda la jeune fille. Celles qui boivent un coup autour de la table ?

— Celles-la même...

— Alors là, madame la Procureure, murmura Julie... ce sont les pires commères du village. Si vous voulez qu'une information soit divulguée séance tenante, il vous suffit de leur en parler ! Elles vous démultiplieront la chose en l'agrémentant à leur sauce personnelle. Des engeances pareilles, ça ferait battre des montagnes !

— Elles sont de Marignieu ?

— Pensez-vous ! Sur les cinq, seules deux sont d'ici. Les trois autres sont des villages des alentours...

La magistrate eut un fin sourire, remercia la jeune fille et s'approcha lentement sans se faire remarquer. Un verre en main, elle s'adossa au pilier de chêne près des cinq vieilles, l'air perdu et le regard errant dans la cour de la propriété. Les mamies ne la remarquèrent même pas ; elles étaient beaucoup trop occupées à se confier les derniers ragots concernant les gens qui déambulaient autour des différents buffets. Il y en avait pour tous les goûts, surtout les plus libidineux. Il n'était en fait question que de coucheries, d'adultères en série, d'enfants mal éduqués qui tiraient la langue quand ils les apercevaient à épier derrière leurs carreaux, de malversations diverses et variées de la part de quelques habitants. Un échantillonnage impressionnant de commérages, de fausses infos glanées à droite et à gauche et enjolivées de détails tous plus imaginaires les uns que les autres. Le style même de ce qui rassasie les lecteurs quand cela concerne des gens connus, des politiques, des acteurs, des stars du show-biz. « Eh bien, pensa Patricia Delmonod, comme disent les gens de mon village, elles ont l'art d'habiller leurs semblables pour l'hiver. Quel tas d'inepties ! » Elle allait s'en aller quand une de vieilles dames proféra, sur le ton de la confidence :

— C'est comme cette Carole...

— La petite qui s'est faite estourbir ? questionna sa voisine, le regard subitement plus brillant.

— Oui, oui, cette espèce de chipie que le petit Angelot a embauchée !

— C'était donc une chipie ? Tu crois ? Comment que t'as su cela ? Raconte-nous vite, Pauline...

La dite Pauline ne se le fit pas répéter deux fois. Les cinq grand-mères se penchèrent au-dessus de la table improvisée, telles cinq affreuses harpies s'apprêtant à procéder à un quelconque envoûtement :

— Eh bien, mes chères, figurez-vous que je sais des choses... La petite Carole, tout le monde lui donnait le bon dieu sans confession... On en a entendu depuis hier sans discontinuer ! Gentille, amie avec tout le monde, pas un mot plus haut que l'autre, la demoiselle parfaite, la bru idéale... Tu parles ! Que du vent, tout ça, moi je vous dis !

— Tu sais que tu nous mets l'eau à la bouche ? Continue voir...

— D'accord, les filles... Mais faudra pas le répéter, hein ? C'est un secret... Elle a le droit de reposer en paix, cette petite !

La magistrate l'aurait giflée ! L'autre continua :

— Figurez-vous qu'elle ne restait jamais à Marignieu quand elle ne travaillait pas... Et croyez pas qu'elle retournait dans sa famille. Que non : ils sont tous morts, à ce qu'il paraît... D'ici à ce que ça soye pas bien net, j'en mettrais pas ma main à couper... Bast ! La poulette, quand elle était en congé, je me suis laissée dire qu'elle filait du côté de Belley...

— C'est p't-être qu'elle y avait des connaissances. On sait ben que dans les environs, la jeunesse n'est pas ben nombreuse...

— Dis pas de bêtises, ma pauvre Ernestine ! Des garçons, il y en a encore des beaux par chez nous ! Non, non et non... Mon p'tit doigt me dit que c'était une fille qu'elle allait rejoindre, la perle rare du cellier...

— Ah bon... Ben dis donc...

— Eh oui… Comme quoi y a pas qu'à la ville qu'on en rencontre de ces… gens-là !

— Mais, dis-nous, Pauline, qu'est-ce qui te fait croire ça ?

— Eh ben… Pas plus tard que dimanche dernier, je les ai vues, ces deux minettes…

— Tu vas jamais à Belley, grosse bête, va !

— Et toi, t'es qu'une gourdasse, Yvonne ! s'énerva Pauline. J'ai pas dit que je les ai rencontrées à Belley. C'est ici que je les ai aperçues !

— A Marignieu ? Et comment que ça se fait que nous on n'a rien su ?

— Parce qu'y faisait nuit, mes toutes belles… J'étais couchée, mais j'ai eu une envie d'aller là où vous savez… A cause du mousseux qu'on a bu dans l'après-midi en jouant au rami. Moi, vers les minuits, ça me gonfle le ventre… Voilà donc que je me lève, et que je vais aux doublevécés. Dans le noir vu que je connais ma maison, depuis l'temps ! En revenant me coucher, qu'est-ce que je vois par la fenêtre de la cuisine, celle qui donne sur la route ? Une voiture qui s'arrête en peu en retrait de chez la Paulette et le Jean. Et notre Carole qui sort de l'ombre du mur pour monter dedans…

— Et alors ?

— Alors ? Elle se jette dans les bras de la conductrice, tiens donc. Et que je te lui suce la pomme à n'en plus finir… Oui… Oui…

— Mais t'es-t-y sûre que ça soye une fille ? Pourquoi pas un garçon ? Tu l'as bien vu, le conducteur ?

— Non, je l'ai pas bien vu… Mais quand la voiture a redémarré, j'ai vu des cheveux longs. Et ma foi, on n'est plus au temps des yéyés, hein ? Aujourd'hui, y a ben plus que les fillasses qui les ont longs.

— Ben dis donc… Ben dis donc… Et l'auto, elle est allée où ?

— Elle est montée par ici, à ce que je pense, vu qu'elle avait mis son clignotant !

Patricia Delmonod en avait assez entendu. Elle décida d'intervenir. Un peu brusque, elle se planta devant le groupe de commères :

— On peut dire que vous avez l'art de bien raconter, madame Pauline ! Sauf que les ragots, cela peut vous mener tout droit au tribunal. Vous ne le saviez pas ? Avec une plainte sur la moitié de ce que vous venez de dire, vous seriez condamnée à coup sûr !

Pauline la toisa, d'un regard méprisant, et cracha :

— Qui êtes-vous donc pour vous mêler de ce qui ne vous regarde pas ? Ah ! Mais j'y pense : ça serait-y pas que c'est vous la copine de l'autre chipie...

Brusquement, elle se tut. Le lieutenant Borland venait d'apparaître derrière la magistrate. Il sourit :

— Je vois que vous avez fait connaissance avec Radio Marignieu et environs, madame la Procureure ! Méfiez-vous quand même, ces dames sont du même acabit que ce cher Mortier !

La Pauline se décomposait à vu d'œil, cherchant à entrer dans un trou de souris s'il s'avérait qu'il y en eût un dans les parages. Elle se sentait prise à son propre piège. Delmonod savait fort bien que cela ne l'empêcherait pas de recommencer ses racontars dès qu'elle-même et le gendarme auraient disparu ! Elle enfonça néanmoins le clou :

— Mon cher Borland, vous tombez à pic ! Cette brave dame a quelque chose à dire à propos de notre enquête. Quelque chose qu'elle voulait garder pour elle et ses pipelettes. Vous savez, de ces informations qu'on cache aux autorités...

— Et qui pourraient la conduire en prison si elle ne nous les raconte pas en détails ?

— Absolument... Bien que les détails, je les ai déjà entendus. Mais il manque une précision, très chère Pauline...

— C'est que... je... je...

— Arrêtez donc de bégayer, vous allez perdre votre dentier, et reprenez le débit de pintade que vous aviez tout à l'heure ! Quelle marque, la voiture ? Et surtout, quelle couleur ? Grosse ? Petite ? De luxe, ou pas ? Nous vous écoutons !

Devant le ton agressif de la procureure, la vieille Pauline hoqueta une ou deux fois, avant de gémir :

— Mais c'est que je ne sais pas trop, moi... Il faisait noir... et...

— Il y a un lampadaire en face de chez vous, non ?

— Oui, oui... En y pensant bien, peut-être qu'elle était violette, ou... non... plutôt rouge. Oui, c'est ça : rouge ! Enfin, je crois... A moins que ça soye bleu clair... Avec la lumière jaune des lampadaires... je sais plus, moi... La marque, je sais pas... J'y connais rien en voiture, moi...

Le lieutenant Borland avait noté en souriant sur son carnet les détails fournis par la commère. Ou plutôt les non détails. Il s'adressa aux cinq femmes, d'un ton cinglant :

— Qu'on soit bien d'accord, les petites grand-mères : si jamais j'apprends que vous avez répété des trucs à qui que ce soit sur cette affaire, je vous embarque à la gendarmerie... et je vous fais passer une nuit en cellule, avec deux ou trois voyous et prostituées !

Silence total autour de la table. Les deux enquêteurs en profitèrent pour s'éloigner. Ce ne fut que lorsqu'elle fut certaine que les anciennes ne les voyaient plus, que Patricia Delmonod éclata de rire :

— Elles sont complètement cinglées ! termina-t-elle. Mais la dite Pauline a vu quelque chose dimanche soir, à rapprocher du témoignage de Maryvonne Taponard. Cela semble concorder... Pour les détails, on repassera...

Dès leur retour au bureau, ils vérifièrent les deux récits : même probable petite voiture, heure sensiblement égale, quant à la couleur, il faudrait s'en passer pour le moment. Carole qui va en direction du cellier pour l'une, qui y entre pour l'autre, accompagnée de quelqu'un, non identifié pour l'une, à cheveux longs pour l'autre... Isabelle Morel avait rapidement griffonné les nouveaux renseignements sur des post-it et les avait collés sur leur panneau. C'était peu, bien sûr, mais peut-être un début.

— Nous sommes maintenant certains qu'elle a eu de la visite ce soir-là, dit l'adjudant. Le dernier soir où elle était en vie !

— Il faudrait d'autres témoignages à propos de ce véhicule…

— Vous avez raison Borland, opina la magistrate. A vous de jouer !

La magistrate les laissa poursuivre leur travail, elle avait d'autres obligations dans la capitale du Bugey. Elle ne pourrait revenir que le dimanche après-midi. « D'ici là, si vous avez du nouveau, vous savez où me joindre… »

Samedi – 17 heures

Une demi-heure plus tard, des renforts arrivaient de Belley, qui se mettaient aussitôt à faire le tour des popotes. Une seule question : « Avez-vous aperçu une voiture inconnue dans le village dimanche dernier ? Si oui, il nous faut tous les détails qui peuvent vous revenir en mémoire. »

Mais plus ils avançaient, plus les têtes se secouaient de droite à gauche. Certains visages se fermaient carrément dès qu'ils voyaient arriver les enquêteurs. Il leur fallait user de diplomatie pour récolter une réponse. En l'occurrence, ce n'étaient que des réponses négatives…

Delpiéri allait sortir à son tour pour arpenter les rues, quand un message arriva depuis Bourg en Bresse : la section scientifique avait quelques bribes de résultats. C'est le major Bernier lui-même qui appelait :

— Dis moi que tu as du nouveau ! s'exclama l'adjudant.

— Houlà ! Le ton de ta voix semble montrer que ça patauge…

— On peut voir cela comme ça ! Personne n'a rien vu, rien entendu. On se croirait au plus profond de la Sicile : on ne se confie pas à l'étranger !

— Bon… Notre moisson d'échantillons de tous ordres n'aura été totalement inutile. On a trouvé quelque chose : dans l'appartement de la victime, des empreintes ne lui appartiennent pas…

— Elle avait de la visite de temps à autre… Cela pourrait expliquer la chose ?

— Ouais… Sauf que ces mêmes empreintes se retrouvent sur la trappe de la cuve dans laquelle vous l'avez retrouvée !

— Intéressant, ça ! Tu as pu y mettre un nom ?

— Eh bé non ! Le proprio de ces empreintes-là n'est connu d'aucun de nos fichiers criminels, pas même celui des simples infractions…

— Tu envoies le tout à Isabelle… Je vais la mettre en chasse immédiatement.

— Pas de problème… Il y a autre chose…

— Je t'écoute ?

— Un des techniciens, versé dans la chimie au point que cela devient pathologique, a poussé les analyses d'un produit qu'il a repéré sur un cliché encadré sur une étagère de sa bibliothèque. Il a pu isoler une molécule qui n'appartient qu'à un seul truc.

— Bon dieu, accouche !

— Un parfum : Coco, de chez Chanel !

— Il est sûr de son coup, ton mec ?

— Tout ce qu'il y a de plus sûr. On ne trouve cette molécule dans aucun autre parfum.

— Impeccable. Cela peut appartenir à une collègue de travail, voire à sa compagne, même si nous croyons qu'elle n'a jamais mis les pieds chez Carole. Je te remer…

— Minute. Il y a encore autre chose. Et c'est peut-être du lourd, même si cela ne semble mener qu'à un cul de sac ! Lorrain nous a transmis un bout de fibre à analyser…

— Je sais… Retrouvé accroché au collier de Carole Grandin…

— Tout juste. C'est de la soie, d'une qualité très particulière. Un savoir-faire qui ne se retrouve que chez les derniers soyeux lyonnais. Ce n'est pas du made in je ne sais où ! D'après les analyses de couleur et de texture, le brin provient très certainement d'un foulard. On n'en trouve exclusivement qu'au Musée des Soieries Gonnet à Jujurieux.

On a même retrouvé le modèle ! Mon chimiste y a isolé la même molécule. J'envoie le tout à Isabelle.

— Alors là, Bernier, c'est nickel ! On va peut-être pouvoir avancer un peu dans ce bourbier.

Le gendarme remercia chaudement son correspondant et coupa la communication, visiblement satisfait. Un sourire erra un instant sur ses lèvres, que remarqua la jeune informaticienne. Elle n'eut pas le temps d'en faire la remarque, sa machine ingurgitant quelques dossiers rapportés de chez la jeune Camille, intitulés « Ma guerre… ». C'était apparemment un récit, qu'elle n'avait pas eu le temps de compulser. Ils étaient à peine chargés que retentit dans la pièce la Marche d'Aïda : un message s'inscrivit sur l'écran, accompagné de plusieurs fichiers attachés : les empreintes digitales, et la photographie du foulard.

— Non, ne dis rien… Je m'y mets tout de suite. Je m'en vais te faire causer tout ce bazar….

La jeune fille s'absorba aussitôt sur son clavier, virevoltant d'une touche à l'autre, envoyant requête sur requête en direction d'Internet. Elle prit malgré tout le temps d'imprimer le cliché, qu'elle transmit à l'adjudant :

— C'est un foulard pour femme, patron, dit-elle. Je vois mal un mec porter un tel truc autour du cou. Regarde un peu ces couleurs, ce tramé, cette composition… Ce fini impeccable. Les gens du musée ne doivent pas en vendre tous les jours, des exemplaires comme celui-ci. Une fortune, que ça coûte, qui plus est. Celle qui a acheté ça a de la tune… Ou alors son gars a mis les petits plats dans les grands ! A quelles fins, je préfère ne pas le savoir, même si tu devines ce à quoi je pense !

— Les empreintes ?

— Ça tourne, chef ! Aïda nous avertira quand on aura une occurrence !

— Excellent, tout ça ! fit le lieutenant Borland. Chez Camille Hernandez, avez-vous trouvé quelque chose ?

— Oui… Enfin je crois. Un dossier constitué de quelques textes, une sorte de récit, ou de compte-rendu. Je n'en sais pas plus pour l'instant. J'imprime et on disséquera ensuite. Lire à l'écran n'est pas ma tasse de thé préférée. Rien ne vaut le bon vieux papier qui craque entre les doigts, et sent le moisi au bout de quelques années !

Tout en jacassant, elle avait mis bout à bout sept textes numérotés, d'inégales longueurs. L'imprimante ronronna une minute, sortant trois exemplaires d'une dizaine de pages, un pour chacun des gens présents. Elle agrafa chaque jet et les distribua aux deux hommes. Ils se plongèrent dans la lecture du document.

Il y avait tout d'abord une introduction expliquant les causes de la Guerre civile espagnole, à partir de la proclamation de la Seconde République le 14 avril 1931, lors de la fuite en exil du roi Alphonse XIII. A partir de ce moment-là, les luttes entre les Républicains et les royalistes se firent plus intenses ; Une période de troubles s'installa brutalement. Le document détaillait tous les soubresauts de l'Histoire au cours de cette période qui amena le pays au bord du gouffre, et la première tentative de coup d'état par les nationalistes, avides de pouvoir, dès le lendemain de la mise en place du Front populaire espagnol en février 1936.

Les textes suivants relataient les différentes tentatives des chefs militaires pour parvenir au pouvoir, pour finalement arriver au partage du pays en deux zones d'égales superficies, dont la plus riche se retrouva aux mains des républicains. Dès lors, les Nationalistes n'eurent de cesse de reprendre le pouvoir partout, en écrasant leurs ennemis par tous les moyens. Ce furent les engagements italiens et nazis aux côtés du général Franco, ce fut Guernica, ce fut la répression, aveugle et sanglante.

Ils avaient sous les yeux une chronologie précise, chaque date nouvelle étant reportée à la ligne, avec parfois une ou deux phrases d'explications.

— On n'apprend rien de bien nouveau, là dedans, dit Isabelle. C'est en partie un copié collé à partir de divers sites internet sur la question.

— Sans doute… Elle doit cependant avoir une bonne raison pour s'intéresser à cet épisode de l'Histoire…

— Son nom, Hernandez, est espagnol ! dit le lieutenant. Quelques-uns de ses ancêtres ont été mêlés à la guerre civile.

Ils se plongèrent dans les derniers feuillets :

— Mince alors ! fit Isabelle Morel. C'est une suite de mails, une correspondance entre... Carole et elle-même, Camille... Elle a réalisé une sauvegarde de certains messages qu'elles ont échangés. Sans doute les plus importants. C'est rare que les accros des mails les archivent ainsi.

— En effet... On écrit à tout va sur Internet, mais tout disparaît au fur et à mesure. Dans un siècle ou deux, plus personne ne saura rien des correspondances échangées...

— Hé, mon cher Mathieu, te voilà bien pessimiste !

— Rassurez-vous, sourit l'informaticienne. Beaucoup de courriers importants, même échangés entre gens normaux, sont sauvegardés. Il y aura sans doute des archives... Quant à toutes les conneries qui naviguent, faut-il les conserver ? J'en doute...

— Camille a donc eu une riche idée, pourtant étrange, fit l'adjudant. Voyons donc cette correspondance...

Ils se plongèrent dans la lecture des quelques transcriptions des messages. Ils n'étaient pas nombreux, mais relataient cependant les pérégrinations des deux jeunes femmes dans leur quête d'une vérité qui leur sembla un peu moins obscure.

de / carole@pasquale-grandin.org
à / camille.hernandez@gmail.org
date / 15/01/13 10 : 44
objet / Ce qu'on a dit

Bonjour, Camille
J'ai réfléchi à ce qu'on s'est dit hier soir. Il y a sans aucun doute une piste à creuser. Tu as raison : seule une dénonciation a pu conduire Pasquale à son destin.
Je me mets en chasse, et te tiens au courant.
Carole

---

de / camille.hernandez@gmail.org
à / carole@pasquale-grandin.org
date / 15/01/13 12 : 30
objet / Ton message

Bj,
Je ne vois en effet que cette hypothèse, même si elle est abominable. Lui qui avait subi tant de haine et d'horreurs là-bas...
Qui pouvait donc tant lui en vouloir ? C'est incompréhensible.
S'il s'était engagé aux côtés des Républicains, c'est parce qu'il ne supportait pas les injustices. Et dans ce registre, on sait de quoi étaient capables les sbires du Caudillo !
Fais attention à toi, ne va pas te mettre dans de sales draps pour m'aider.
C.

----

de / carole@pasquale-grandin.org
à / camille.hernandez@gmail.org
date / 14/02/13 21 : 32
objet / Piste ?

J'ai pas mal tourné dans la région d'Arandon... Mais personne ne semble se souvenir qu'il y avait là un camp d'internement. Comme par hasard...
Il y a un reste de vieille usine, en ruines, qui servait de camp où étaient entassés les réfugiés. Je ne comprends pas pourquoi le gouvernement de ce temps-là les a traités ainsi...
Laura est venue une fois ou deux avec moi. Elle dit que je suis un peu folle de remuer ainsi des choses qui pourraient nous sauter à la figure (ce sont ses termes !).
J'ai repéré un petit vieux à la sortie du village en question. Il est sympa, mais c'est dur de le faire parler. J'ai l'impression qu'il se méfie. Ou qu'il a peur. Je vais y aller en douceur, on a le temps, hein ?
Dès qu'il acceptera de parler, s'il se souvient de quelque chose, bien sûr, je t'emmène là-bas.
A +
Carole

----

de / camille.hernandez@gmail.org
à / carole@pasquale-grandin.org
date / 14/02/13 23 : 18
objet / re : piste ?

Bonsoir,
C'est cool si tu as enfin dégoté un ancien qui puisse se souvenir de quoi que ce soit. S'il pouvait me renseigner sur mon arrière-grand-père Hernandez...
J'attends ce moment depuis si longtemps. Ce n'est pas avec ce qu'a pu me confier ma mère que je peux comprendre... Le peu qu'elle m'a raconté, elle le tenait de ses propres parents, Fernando et Maria, qui sont morts quand j'étais toute petite, et dont je ne me souviens plus du tout. Je dois avoir une vague photo quelque part. Cette fichue guerre nous a tout pris, la liberté, nos proches, et même les souvenirs ! Alors, tu imagines bien qu'il a dû y avoir des déformations, des distorsions dans les récits. Surtout que c'étaient des choses dont on ne causait pas beaucoup, surtout pas devant les enfants.
J'imagine mal mon aïeul, Pasquale, clamer haut et fort qu'il était un Républicain espagnol ayant combattu les troupes nationalistes de Franco... Il devait y avoir des espions un peu partout, envoyés par le pouvoir en place de l'autre côté des Pyrénées.
Il ne pouvait pas non plus jouer avec la vie de son épouse ni avec celle de son jeune fils.
Quelle vie il a dû avoir, avec en tête l'obligation quasi permanente de mesurer ses dires !
C.

---

de / carole@pasquale-grandin.org
à / camille.hernandez@gmail.org
date / 28/02/13 18 : 19
objet / Piste (nouveau !)

Je crois que je tiens le bon bout !
Le vieil homme dont je t'ai parlé est d'accord pour me voir. J'y vais demain.

Peux-tu m'accompagner ? Ce serait bien. On ne sait jamais, s'il refuse par la suite de nous rencontrer de nouveau…
Carole

----

de / camille.hernandez@gmail.org
à / carole@pasquale-grandin.org
date / 28/02/13 20 : 41
objet / re : piste (nouveau !)

Bonsoir,
Impossible pour moi d'aller avec toi chez cette personne. Je suis prise par un rendez-vous important à Belley.
Ne pourrais-tu pas demander à ton amie Laura de t'accompagner ?
Veux-tu que je l'appelle ? Pour lui expliquer combien il ne faut pas que tu sois seule dans cette démarche ?
C.

----

de / carole@pasquale-grandin.org
à / camille.hernandez@gmail.org
date / 28/02/13 23 : 07
objet / re : re : piste (nouveau !)

Te bile pas!
Je peux faire ça toute seule.
L'ancien ne demande apparemment qu'à parler avec quelqu'un. Cela lui pèse sur le cœur…
Je te raconte demain soir… Rendez-vous dans notre resto habituel, à vingt heures…
Carole

----

de / carole@pasquale-grandin.org
à / camille.hernandez@gmail.org
date / 10/03/13 19 : 34
objet / Bizarre…

Bonsoir Camille,

J'ai beaucoup réfléchi à ce que le vieil Antoine nous a raconté quand nous sommes retournées le voir hier matin. Je me demande... Ne trouves-tu pas qu'il y a quelque chose qui cloche dans son récit ? De plus, il s'est contredit par rapport à ce qu'il m'avait confié fin février. Ce n'est pas logique...
D'une part, il m'a dit le premier jour qu'il a bien vu une fourgonnette emmener Pasquale un soir d'août 1939, et le coup d'après, il raconte qu'il est parti pendant qu'il était lui-même absent. Et qu'il ne l'a jamais revu ! Moi, cela me pose problème.
J'en ai touché un mot hier soir à Laura, elle était déjà au courant. C'est toi qui lui en as parlé ? Elle pense d'ailleurs la même chose que moi : ce bonhomme n'est en définitive peut-être pas très fiable. A moins qu'il ne nous mène en bateau...
Qu'en penses-tu ?
Carole
P.S. : Je continue à fouiner. Quand j'ai une idée derrière la tête... Et je t'ai promis de te donner un coup de main.

---

de / camille.hernandez@gmail.org
à / carole@pasquale-grandin.org
date / 10/03/13 22 : 56
objet / re : bizarre

Tu as vu son âge, à cet Antoine ? Il a bien le droit d'avoir quelques absences, ou de dérailler un peu...
Je ne sais plus quoi penser, ni sur qui compter. Ce serait quand même bizarre que des gens qui ont vécu cette époque troublée se mettent à raconter n'importe quoi.
A propos, oui, c'est moi qui ai mis Laura au courant de notre visite chez l'Antoine. Je l'ai rencontrée à Belley au supermarché. On a causé un peu.
Fais gaffe à toi, surtout si tu crois avancer en terrain miné. Et n'hésite surtout pas à tout envoyer balader. J'ai vécu jusqu'ici sans savoir, je peux très bien continuer !
C.

Les feuillets ne contenaient pas d'autres messages. Tout s'arrêtait quelques jours avant la disparition de Carole

Grandin. Les gendarmes restèrent un instant silencieux, reprenant certaines parties du texte comme pour mieux les assimiler.

— Un truc me turlupine... dit finalement Borland.

— Moi aussi, répondit l'adjudant. Pourquoi s'envoyer des mails alors qu'elles se voyaient pratiquement tous les jours ici même ?

— Exact ! Avaient-elles peur de quelque chose ? Ou de quelqu'un ? Avaient-elles des doutes sur une ou plusieurs personnes ici même, parmi leurs collègues de travail, qui auraient pu les empêcher d'agir à leur guise ?

— A moins que ce ne soit seulement pour que personne ne sache quelles étaient leurs recherches... Elles avaient peut-être décrété que cela ne regardait qu'elles. Seule Camille pourrait nous renseigner. Et pour l'instant...

— Attends un peu, Nicolas. Si quelqu'un voulait les empêcher de plonger dans l'histoire, c'est que ce personnage ne désirait pas qu'elles ramènent au jour des malversations passées...

— Tu veux parler de vacheries, de saloperies à l'encontre des réfugiés ?

— Pourquoi pas ? En ces temps fort troublés, on pouvait parfois s'attendre à tout, de la part d'un voisin sympa comme d'un membre de sa propre famille !

— C'était il y a près de soixante-dix ans ! Les... collabos, appelons-les par leur nom, sont aujourd'hui au cimetière...

— Peut-être, répondit Mathieu Borland en plissant les paupières, mais rien ne prouve qu'un descendant n'ait voulu préserver l'intégrité de sa famille... Je pense que cela vaudrait le coup de creuser dans cette direction...

L'adjudant et le lieutenant furent brutalement tirés de leurs réflexions par un cri de leur collègue Morel :

— Bon diou de bois ! Que je suis tarte ! Comment n'y ai-je pas pensé plus tôt ?

— Du calme, Isabelle, rassura Delpiéri. Si tu nous donnais des explications, au lieu de beugler ainsi ?

— Rien de plus simple ! Cela crève les yeux ! Regardez la fin de son adresse mail : *@pasquale-grandin.org* ! Le nom du type dont elle recherche la trace, et le sien accolés !

— Ils sont parents, c'est assez clair dans la suite des messages, rétorqua Borland. Elle dit bien que sa mère était trop jeune pour comprendre ce que ses parents lui ont confié. Le dénommé Pasquale devait être son arrière-grand-père. Logique qu'elle ait créé une adresse en collant son prénom au sien...

— Pas du tout, coupa Isabelle. Je ne te parle pas de Camille Hernandez, mais de Carole ! La miss Grandin n'avait pas d'Espagnols dans son ascendance. Sa famille était installée à Bourgoin depuis des années ! C'est Camille qui avait des ascendants ibériques !

— Exact, autant pour moi ! Alors, elle a accolé les deux noms pour quelle raison, d'après vous ?

— Sans doute pour créer un site web sur cette recherche... peut-être pour mettre ses documents à l'abri. Car, ce qui est moins logique, c'est le « .org » qui suit !

— Ecoute ! fit l'adjudant. Là, on est un peu largués, alors soit plus claire, tu veux ?

— Ça l'est comme de l'eau de roche ! Ce « .org » indique qu'elle a une adresse perso associée à un site du même nom ! Que je m'en vais vous ouvrir de suite...

Quelques frappes sur le clavier et deux ou trois clics suivants :

— Et voilà le travail ! Mais... Où est-ce que je suis tombée ?

Sur la page, une reproduction du tableau de Guernica, de Pablo Picasso, occupait tout l'espace. En bas à droite et à gauche, un drapeau des républicains espagnols, sous lequel était inscrit : Entrer d'un côté, et Entrar de l'autre. Isabelle pointa la souris sur le terme français, cliqua. Un écran noir succéda instantanément au tableau de la ville martyre. Les uns sous les autres, une série de cinq liens pour accéder à d'autres pages : « Déroulement de la guerre », « Réfugiés », « Topographie des camps », « Arandon », « Pasquale ».

Nouveau clic, sur le premier lien :

— Et merde ! jura la jeune femme.

Un panneau routier indiquant des travaux remplissait désormais le cadre, avec en surimpression : « En travaux. Réouverture prochaine du site » Isabelle essaya alors les quatre autres liens, avec le même résultat. Elle refit les manipulations en entrant du côté espagnol. Sans plus de succès !

— Raté ! constata la gendarme. Il va falloir entrer là-dedans de force, en explosant un ou plusieurs mots de passe. J'espère que vous n'êtes pas aux pièces ?

— T'inquiète ! sourit Delpiéri. Nous avons quelques billes à vérifier, dans l'intervalle. On sait que Camille, elle aussi, était fort intéressée par la Retirada espagnole de fin 1938, début 1939, pour donner un coup de main à Carole : son arrière-grand-père faisait partie des réfugiés, peut-être avec femme et enfant... Le grand-père de Carole, lui, a risqué sa vie pour cacher certains d'entre eux. On sait aussi que notre œnologue avait réussi à mettre la main sur un vieux, dénommé Antoine, habitant le village d'Arandon, qui leur a raconté à toutes les deux ce qu'il savait sur le nommé Pasquale Hernandez. Arrière-grand-père, donc même nom.

— Le deal est simplissime ! conclut Borland. Il suffit de retrouver le vieil Antoine !

— Si tu le dis, soupira l'adjudant...

Samedi – 18 heures

Quelqu'un venait de frapper à la porte du bureau. Sans attendre que l'un des gendarmes réponde, la porte s'ouvrit, sur Eric Angelot. Il était accompagné d'un homme d'une soixantaine d'années.

— Messieurs, je vous présente Joël Michaudier, ancien journaliste au Journal du Bugey.

Le lieutenant avait bondi de sa chaise. Il serra chaleureusement la main du nouvel arrivant :

— Joël, cela plaisir de vous revoir. Votre retraite se passe comme vous le voulez ?

— Pas de problème, mon cher Borland. Si vous saviez le pied que cela peut être ! On se lève quand on se réveille, et non pas quand une cochonnerie de machine infernale se met à vous carillonner aux oreilles. On fait ce qu'on veut, à la vitesse qu'on désire, sans rédacteur pour vous aiguillonner ! Et ce qu'on ne fait pas aujourd'hui, on sait que cela sera possible le lendemain, voire le jour suivant. Je me dis d'ailleurs que j'aurais dû la prendre plus tôt ! Mais je pense que je ne suis pas ici pour vous décrire une période que d'aucuns voudraient repousser aux calendes grecques ?

— En effet… Je suppose qu'Eric vous a touché deux mots du drame qui s'est joué ici ?

— Bien sûr. C'est un grand malheur. Je connaissais cette petite, pour avoir réalisé un reportage quand elle est entrée au service de la Maison Angelot. Elle avait un avenir tout tracé.

— L'adjudant Delpiéri et moi…

— Enchanté de faire votre connaissance, coupa l'ex journaliste en serrant la main du gendarme. Je vois qu'il n'y a que du beau monde dans ce bureau.

Il adressa un signe de tête à Isabelle qui lui répondit par un grand sourire.

— Je disais donc que l'adjudant et moi-même nous explorons diverses pistes, dont une qui nous conduit du côté des réfugiés espagnols, en 1939.

Joël Michaudier fronça les sourcils, frotta plusieurs fois sa barbe grisonnante de sa main gauche, avant de dire, d'une voix moins enjouée :

— Le terrain est plus ou moins miné, mon cher Borland ! Il va vous falloir marcher sur des œufs !

— Comment cela ?

— Je suppose que vous savez que les Espagnols que certains résistants du Bugey ont aiguillés vers la Suisse pour leur éviter de se voir renvoyer dans leur pays, sont passés pour la plupart par le camp d'Arandon ?

— Absolument !

— Carole Grandin enquêtait là-dessus avec une autre de mes employées, compléta Eric Angelot. Camille Hernandez, dont l'arrière-grand-père...

— ... a disparu après s'être tiré de l'enfer de ce camp, je le sais parfaitement, termina le retraité. Moi aussi, j'ai cherché à en savoir un peu plus. Sauf que les bouches sont restées désespérément closes. Personne ne sait, personne ne dit rien.

— Vous n'avez pas réussi à vous faire une idée de la situation ? demanda l'adjudant.

— Oh que si ! C'était d'ailleurs évident, j'aurais dû m'en rendre compte dès le début de mon enquête : Il y avait autour de l'organisation de ce camp... de ces camps, toute une... mafia qui a vu là une occasion en or de se faire du fric. Je ne parle pas du propriétaire de l'usine désaffectée, je pense même qu'il a dû aider certains réfugiés à échapper aux wagons du retour chez Franco. Non, je soupçonne des petits malfrats, des seconds couteaux, des petits merdeux d'avoir profiter des enveloppes destinées à retaper le bâtiment avant l'arrivée des premiers Espagnols. Les travaux pour rendre habitable ce qui était une usine de camions fermée depuis des mois n'ont jamais été entrepris alors qu'ils étaient programmés et que le fric était débloqué. Il faut savoir qu'il y a eu des grèves de réfugiés, refusant les quelques tâches qu'ils devaient accomplir, et ce à cause des conditions d'hébergement ; que le préfet de l'Isère s'est déplacé en personne pour calmer le jeu... Malgré cela, rien n'a été fait ! Où est passé le fric ? A mon avis, il n'a pas été perdu pour tout le monde ! Donc, si la gamine fouillait dans du linge sale, pas étonnant qu'on lui ait fait quelques misères...

Au fur et à mesure qu'il parlait, Michaudier s'était enflammé, et c'est d'une voix forte qu'il termina sa diatribe. Isabelle elle-même s'était arrêtée de pianoter sur son clavier pour suivre sa démonstration.

— Autrement dit, si vous vous lancez sur cette piste, attendez-vous soit à ne rien découvrir, soit à soulever des lièvres qui ne sentent pas bon...

Borland se racla la gorge, avant de demander :

— Nous ne pouvons négliger aucun indice. S'il faut secouer un cocotier ou deux, nous le ferons. L'individu qui s'en est pris à Carole a essayé de supprimer celle avec qui elle effectuait les recherches...

— Camille ?

— Oui, Camille... Que pouvez-vous nous apprendre sur Pasquale Hernandez ?

— Malheureusement rien... J'ai bien tenté de suite sa piste, mais comme vous dîtes, elle s'est très rapidement refroidie. J'ai abandonné quand mon rédacteur n'a pas voulu publier l'intégralité de ce que j'avais écrit.

De toute évidence, l'homme ne pouvait pas leur venir plus en aide. Son témoignage éclairait tout de même l'enquête de la jeune femme sous un nouveau jour. Certes glauque, mais à prendre en considération.

Samedi – 20 heures 30

Le caveau Angelot avait retrouvé son calme. Tous les organisateurs étaient réunis autour d'un repas plantureux. La fraîcheur des soirées de mars commençait à descendre des monts alentours où persistaient ici ou là quelques amas de neige que le soleil printanier n'avait pas encore évaporés.

Dans le grand hall, avec des dizaines de bouteilles dressées tout autour telles des anges gardiens, le petit groupe s'était attablé depuis quelques minutes. Eric Angelot avait de nouveau félicité ses troupes, et annoncé un record de ventes :

— J'espère que ce n'est pas à cause de...

Pierre Viguier s'interrompit, les larmes aux yeux. Il détourna la tête...

— Je sais, Pierre, murmura Philippe, c'est difficile pour nous tous... Mais nous devons malgré tout aller au bout... Pour elle, pour elle seule... Elle le mérite... Elle nous a offert un magnifique cadeau. Aucun d'entre nous ne doit oublier cela... Jamais !

Il y eut quelques reniflements, quelques sanglots, dans le silence respectueux qui suivit. Les trois gendarmes, invités à se joindre à eux, le respectèrent, émus eux aussi.

Puis, on apporta un ramequin, le plat convivial par excellence de cette région du Bugey. Issu d'une recette plusieurs fois centenaire, le ramequin avait bien failli disparaître, avant de finalement bénéficier de l'intérêt croissant des habitants pour leur patrimoine. Initialement, il était fabriqué presque exclusivement dans deux hameaux de Saint Rambert en Bugey, à une encablure de Belley. C'était au temps où on ne laissait rien perdre, quand la misère régnait un peu partout. Après avoir prélevé la crème pour battre le beurre, restait ce qu'on appelle le babeurre, ou petit lait, qui a la particularité de cailler très vite. Les paysans mettaient ce caillé en faisselles, puis le laissaient s'égoutter et sécher pendant une grosse dizaine de jours. Quand la moisissure apparaissait en surface, le fromage était lavé et brossé à l'eau, puis enfermé dans des pots en grès pendant encore huit jours. Il était alors de nouveau lavé, brossé, enfermé... Le cycle dure ainsi trois mois pendant lesquels il s'affinait et prenait une belle couleur ocre clair.

On le mange fondu : à cinquante grammes de beurre fondu dans un caquelon frotté à l'ail, on ajoute une cuillère à soupe de farine. Une fois que tout a blondi, on coupe les ramequins en fines lamelles qui sont progressivement ajoutées au mélange avec de l'eau chaude et du vin blanc.

Eric Angelot brisa le silence :

— Mon frère et moi avons demandé aux enquêteurs de se joindre à nous. Tout d'abord afin de les remercier pour le travail qu'ils accomplissent chez nous pour coincer le salaud qui a fait ça. A Carole, mais aussi à Camille que nous avons retrouvée in extremis, grâce aux gosses qui préparaient une blague... Et bien sûr pour leur faire goûter ce superbe ramequin où le vin blanc a été allongé d'une bonne lampée de marc du Bugey. Messieurs, mademoiselle, vous savez comme nous tous ici, qu'il suffit de bien négocier le premier virage pour ne pas rater les suivants !

Il y eut quelques sourires, et tout le monde se mit à préparer les bouts de pain qu'il suffirait de tremper dans le mélange odorant pour se régaler. Un plat de saucisson chaud de Lyon, aux pistaches et au vin rouge, circulait, suivi d'un énorme saladier de crépettes, ces pissenlits naissants craquant sous la dent.

On n'entendit bientôt plus que la mélodie des fourchettes et des couteaux. La mondeuse arrosait tout cela de ses flots ambrés et de son arôme sympathique. Les langues, entre deux pioches dans les caquelons fumants, se déliaient lentement, racontant les anecdotes de la journée. L'altercation de la procureure avec la vieille Pauline fit un moment la une, soulevant même des applaudissements. Puis vint enfin la question que les gendarmes redoutaient :

— Vous avez une piste ?

Combien de fois au cours de leurs carrières respectives l'avaient-ils entendue cette foutue question ? Des dizaines, des centaines de fois ? Avec tout l'espoir qui se devinait derrière... Et combien de fois la réponse avait dû être négative... Anéantissant l'espoir de ceux qui l'avaient posée !

Delpiéri jeta un regard à Borland. Ce dernier grimaça légèrement, puis hocha la tête : enfant du pays, c'était à lui de dire... Mais dire quoi ? Ils savaient si peu de choses...

— Voilà... On a interrogé pratiquement tout le monde dans le village... En vain !

— Ce ne peut pas être un d'ici qui a fait le coup, lâcha Joëlle Radiou.

— Ce n'est pas ce que j'ai dit. On cherche tout simplement à savoir si quelqu'un a vu ou seulement entendu quelque chose de bizarre, d'inhabituel durant les jours, et les nuits, qui ont précédé la disparition de Carole. Ou après...

— Vous avez trouvé ? demanda Jacques Nouvel.

— Peut-être, embraya l'adjudant. Camille Hernandez faisait des recherches sur son arrière-grand-père qui a fui l'Espagne de Franco parce qu'il était Républicain et risquait la mort s'il restait là-bas. Il a apparemment séjourné au camp d'Arandon, c'est en Isère, pas loin d'ici, mais a disparu de la circulation un beau jour… On ne sait pas comment, ni pourquoi, si cela était volontaire de sa part, ou s'il a été arrêté par les flics de l'époque, qui, vous le savez tous, ne choisissaient pas toujours le bon côté de l'Histoire… Carole Grandin, passionnée elle aussi d'histoire et de patrimoine, au point d'avoir constitué de magnifiques dossiers photographiques sur la région, a décidé de lui donner un coup de main. Parce qu'elles étaient devenues amies, et parce qu'elle se passionnait pour l'Histoire locale. Nous sommes quasiment sûrs qu'elle a sans doute soulevé un lièvre qui ne demandait qu'à se faire oublier ! Et que ce lièvre a vu rouge !

— Un tordu l'aurait tuée pour ça ? Pour une vieillerie datant de la guerre d'Espagne ? gronda Pierre Viguier. C'est complètement dingue !

— Imagine, Pierre, intervint Philippe Angelot, que les enfants ou petits enfants d'un individu qui aurait dénoncé ou fait disparaître l'aïeul en question, aient eu vent de ces enquêtes, nul ne peut dire comment ils auraient réagi ! Rappelle-toi les horreurs que « La Loi » nous racontaient parfois, et qui nous faisaient frissonner quand on était des mômes. Toutes ces histoires de vengeances, de dénonciations, pas toujours étayées d'ailleurs !

— Et vous autres, gendarmes, vous pensez vraiment qu'un connard de cet acabit peut avoir… avoir…

— C'est tout à fait possible ! répondit Borland.

— Saloperie de saloperie ! marmonna l'œnologue. Vaudrait mieux pas qu'y m'tombe entre les pattes, cette pourriture, moi je vous le dis !

Et il planta rageusement son pic armé d'un morceau de pain dans le caquelon qui manqua se renverser. Borland continua en demandant que cette conversation ne sorte pas de la pièce :

— Si nous avons vu juste, il ne faut surtout pas que cela arrive aux oreilles de l'assassin. Ce dernier pourrait prendre la poudre d'escampette.

Un coup de sonnette les fit tous se retourner. La porte s'ouvrit lentement. Dans l'entrebâillement, une jeune femme apparut, un enfant à sa droite, qu'elle tenait fermement par la main :

— Jeannette ? s'étonna Jacques Nouvel en reconnaissant son épouse et son fils. Il y a un problème ? Que se passe-t-il donc ?

— Bien voilà, Jacques. On était en train de regarder le journal à la télé, tout en mangeant un morceau, quand Loris a dit un truc pas banal. Allez, raconte à ton père, et aux gendarmes…

Le gamin se dandinait d'un pied sur l'autre, tordant son nez de tous côtés. Il hésitait à parler, impressionné par tous ces adultes. Il redoutait probablement une correction paternelle pour être remonté vers le lieu de ses exploits ! Un coup de coude de sa mère le décida :

— Eh ben… Tout à l'heure, je suis retourné au châtaignier… C'était juste pour trouver des idées pour les prochaines expéditions de pirates ! Comme j'arrivais à l'entrée du vignoble de m'sieur Eric, j'ai vu…

— T'as vu quoi ? s'impatienta son père.

— J'ai aperçu quelqu'un qui descendait de la plateforme qu'est en haut du tronc. Il a filé à toute allure vers le bas du village, sans me voir. Faut dire que je m'étais plan… caché.

— As-tu vu qui c'était ? demanda Borland.

— Non m'sieur ! C'était comme une ombre. Elle était emmitouflée dans une espèce de grande cape noire qui lui cachait même la tête. Un vrai fantôme. Ça m'a foutu la pétoche…

— Cette ombre était vraiment pressée ?

— Ben oui… Elle allait à fond d'ballon. J'ai failli me casser la gu… la figure plusieurs fois en la suivant…

— Tu ne peux pas nous dire si c'était un homme ou une femme ?

— Là, non, chais pas. J'avais les boules, mais je l'ai suivie… de loin quand même ! Mais sans laisser augmenter l'espace entre elle et moi.

— Elle ne t'a pas repéré ?

— Chais pas... Peut-être que si... Mais je crois qu'elle n'avait qu'une envie : détaler du coin à toute berzingue !

— Et ?

— Ben, l'ombre est allée jusqu'à la fontaine, et là, elle est montée dans une voiture qui était garée là. Le temps que j'arrive à la route, elle était loin !

— Elle est montée de quel côté ?

— Côté chauffeur...

Delpiéri ferma un instant les yeux. Donc, il n'y avait a priori pas de complice qui l'attendait... Serait-ce la même forme que celle aperçue par Dédé en début d'après-midi ? Sans doute. Que pouvait bien fouiner cet individu dans les parages ? Cherchait-il quelque chose qu'il avait oublié, ou perdu ? Cela expliquerait pourquoi il serait revenu une seconde fois, avec tous les risques encourus... L'adjudant s'approcha du capitaine des pirates :

— Dis-moi, Loris... Un pirate a une bonne vue pour distinguer l'ennemi... Alors, réfléchis : la voiture ? Tu l'as vue ? Tu peux nous en dire quoi ?

— Ben... Une bagnole pas très grosse. J'étais trop loin et j'ai pas eu le temps de reconnaître la marque ni le modèle. Mais je crois qu'elle était rouge foncé.

— Sûr ?

— Oui m'sieur !

— C'est très bien, mon petit gars... Tu devrais bientôt pouvoir t'engager dans la gendarmerie !

— Ben... J'aimerais mieux lieutenant de police, m'sieur !

— Si tu le dis ! sourit le gendarme en ébouriffant les cheveux du gamin.

Dimanche – 10 heures

Isabelle Morel entra dans Jujurieux, puis bifurqua sur la route d'Hauteville. Elle grogna contre ces bosses artificielles qui l'empêchaient d'accélérer. « Quand je pense qu'il y en a qui appellent ça des gendarmes couchés ! Assassins ! » Elle parvint néanmoins au Musée des Soierie Bonnet à l'heure qu'elle avait fixée par mail à la conservatrice. « J'espère qu'elle a lu ses messages ! »

La personne en question avait dû en prendre connaissance, elle l'attendait dans le hall du château.

La jeune femme ouvrit sa sacoche, en sortit une chemise, qu'elle ouvrit, avant de dire :

— Voilà ce qui m'amène, chère madame. Nous enquêtons actuellement sur un homicide. Nous avons découvert une fibre de soie sur le corps de la victime. Cette fibre provient de ce foulard, commercialisé par votre musée.

Morel lui montra la photo du dit foulard, extraite du site des Soieries. La conservatrice l'examina à peine, ayant reconnu la pièce de soie, et répondit :

— Tout à fait, c'est une pièce originale fabriquée en très petit nombre d'exemplaires. Vous comprenez… le prix… On ne vend pas tous les jours des objets de cette qualité.

— C'est en effet la conclusion à laquelle nous étions arrivés. Par contre, ce qui nous intéresse, c'est de savoir si vous tenez un registre… ou une liste des acheteurs de tels produits ? Pour la garantie ?

— Malheureusement non… Nous l'avons fait au tout début de l'ouverture du musée, pour évaluer s'il était viable.

Mais nous avons par la suite arrêté. Cela posait trop de problèmes. Il suffit aux acheteurs de garder le ticket de caisse pour pouvoir régler un éventuel souci. Ce qui n'est bien entendu jamais advenu jusqu'à aujourd'hui…

— Donc, vous n'êtes pas en mesure de me dire qui a bien pu acquérir ce foulard ?

— Non, je suis désolée. Il est certes fabriqué en petites quantités, mais suffisamment importantes pour que nous ne nous rappelions pas qui en a fait l'achat.

Isabelle Morel prit congé. Raté pour cette fois. Elle reprit la route, vers Ambérieu, puis Belley et Marignieu, tout en repassant de mémoire les divers points de l'enquête. Elle jeta un coup d'œil à la montre du tableau de bord : elle ne serait pas sur place avant midi.

La jeune femme avait fait le détour par la gendarmerie de Montrevel avant son départ, pour étudier avec son collègue Bernigaud les détails de l'affaire. Ce dernier avait une sorte de sixième sens qui le faisait réagir différemment des autres. De l'autre côté de l'Atlantique, ils nommaient cette aptitude du profilage. Peu développé en France, même si cela se mettait petit à petit en place. Bernigaud assurait les affaires courantes de la maison quand l'adjudant était pris ailleurs. Il était de garde. Elle le rejoignit dès six heures et demie :

— Salut ma belle ! Te voilà bien matinale…

— Je voudrais avoir ton avis sur l'enquête au pays du pinard !

— Ouais… Du pinard comme celui-là, je veux bien en sniffer au petit déj ! Je te fais un café ? Un vrai ! La nouvelle cafetière est arrivée vendredi !

— Chouette ! Cela nous changera de l'habituelle bibine infâme. Et puis, j'ai si peu dormi qu'il m'en faudrait en intraveineuse…

— Oh Oh… Mademoiselle a eu une nuit agitée ?

— Tu parles… Ce n'est pas ce que vous croyez jeune homme. La Maison Angelot a payé le ramequin à tous ses employés hier soir. On était de la fête. La route pour rentrer était un peu… floue…

— L'adjudant passe, ce matin ?

— Non, il est resté à Belley chez son pote Borland.

Ils se plongèrent dans ce qui avait été récolté sur place. Le tour d'horizon fut assez rondement mené. Bernigaud fit quelques remarques minimes sur un ou deux points de détails, mais tout leur parut en ordre :

— Si le mobile du meurtre remonte à la Retirada espagnole, vous allez en baver… Au risque de ne rien trouver de concret, et de devoir classer le dossier, dit-il. Il y a comme une chape de plomb qui s'est abattue sur cette période… Peut-être parce que l'état français a des trucs à se reprocher…

— Boucler le dossier ? s'étonna la gendarme. Avec Delmonod ? J'crois pas ! Tu la connais… Un vrai pitbull quand elle a une affaire en cours.

La jeune femme dut ralentir à la sortie de Saint Rambert en Bugey, là où un énorme bloc de roche avait dévalé la montagne pour s'encastrer dans une bâtisse en bordure de route, heureusement inhabitée. Le passage avait été déblayé et rendu à la circulation, mais les curieux freinaient parfois brutalement pour se rendre compte des dégâts. Le véhicule qui la devançait, immatriculé à l'autre bout de la France, n'avait pas dérogé à la règle… Isabelle, n'y tenant plus, déclencha le gyrophare, actionna la sirène, en exécutant un dépassement acrobatique qui aurait coûté quelques points de permis à tout autre conducteur ! Elle écrasa le champignon et disparut loin devant les touristes.

Dimanche - 9 heures 30

L'adjudant Delpiéri et le lieutenant Borland sortaient du domicile de ce dernier quand il reçut un appel. C'était l'hôpital, le docteur Lémani :

— Je viens de parcourir le compte-rendu de la nuit de notre patiente. Pas de complication, tout suit son cours. Elle devrait se réveiller dans la journée. Par contre, elle a parlé dans son sommeil. Quelques mots que la personne qui la veillait a eu la bonne idée de griffonner sur un bloc…

— Allez-y, j'ai de quoi noter, dit Borland, en s'asseyant sur le petit mur devant chez lui.

— Ce ne sont que quelques mots : *« réfugié… camp… garce… ma faute… »* et un dernier assez bizarre : *« prunalier »*, ou *« prunellier »*… Elle n'est pas très sûre…

— C'est tout ?

— Oui… Ce n'est pas formidable… J'ai toutefois pensé que vous aimeriez le savoir…

— Vous avez bien fait, docteur… Merci… Avertissez-nous dès qu'elle revient à elle.

Delpiéri fixait les six mots que son collègue venait d'inscrire sur le calepin.

— *…réfugié…*, et *…camp…* cela peut se comprendre. Elle est sur un lit d'hôpital sans doute à cause des recherches sur le camp d'Arandon et ses réfugiés. Par contre, *…garce…*, je ne vois pas…

— Moi itou. Encore moins le dernier : *prunalier* ? Cela n'a aucun sens. *Prunellier,* ce peut être l'arbre descendant du prunier. Tu sais, celui qu'on appelle plus volontiers pelossier. Rappelle-toi les confitures de la mère Lalie !

— Je me souviens… Mais que viendrait faire un tel arbre dans ce fourbi ?

Ils prirent la route de Marignieu, où les attendait la procureure Delmonod, attablée devant un bol fumant de tisane aromatique récoltée et préparée par un des exposants qui venaient à chacune des Portes Ouvertes, la politique de la Maison étant de promouvoir également les produits du terroir.

— Alors, messieurs ? Il paraît qu'on abuse du marc du Bugey ?

— Si peu ! fit Delpiéri avec un large sourire.

— Bien… Autant joindre l'agréable à l'utile, pas vrai ? Monsieur Angelot m'a détaillé un peu les trouvailles que vous avez faites hier après-midi. Ainsi, un gamin a aperçu une voiture rouge, et pas très grosse ?

— En effet madame. Rouge foncé… Ce peut être tout aussi bien marron.

Borland fit un résumé rapide des nouveaux faits qu'ils avaient récoltés. Sans pour autant être sûrs qu'on pouvait les rattacher à l'enquête.

— Autrement dit, on a toujours aussi peu de choses : des empreintes non attribuables pour l'instant ; une petite voiture de couleur tirant sur le rouge ou le marron ; un possible foulard de soie ; de l'ADN qui ne mène nulle part… Eh bien, messieurs, il va falloir combiner tout cela pour sortir un coupable de vos chapeaux ! Isabelle, où en est-elle avec ses recherches ?

— Elle est en route. Elle a fait un crochet par Jujurieux, au musée des Soieries, pour se renseigner sur le foulard dont est issue la fibre retrouvée sur le collier de Carole Grandin.

— Parfait. En attendant son arrivée, je propose de revoir les différentes phases de cette affaire. Je ne vous cache pas que le juge Berger voudrait quelques résultats…

Dimanche – 11 heures 30

Isabelle Morel vérifia son ordinateur portable dès qu'elle arriva au Cellier Angelot. Il avait mouliné toute la nuit, en vain. A sa grande déception, aucune des requêtes qu'elle avait lancées la veille avant de rejoindre la Bresse n'avait donné les résultats escomptés.

— Que dalle ! Je commence à croire que nous avons un fantôme face à nous. Les empreintes ne donnent pas de résultats. Pour l'ADN, je comprends mieux : si le meurtrier n'a pas d'antécédent, il n'est pas répertorié. Au musée, ils sont incapables de savoir à qui ils vendent du matos de ce prix-là ! Même Bernigaud n'a rien trouvé à redire ! Quant à mes requêtes discrètes chez les fournisseurs d'accès, cela a également lamentablement foiré. J'ai rien pu obtenir. Ils ont dû installer de nouveaux pare-feux…

— Ne vous inquiétez pas, je verrai cela par la voie officielle dès demain matin, la rassura Delmonod.

— En tous cas, on va tout reprendre depuis le début ! fit l'adjudant.

La procureure se tourna vers lui :

— Vous plaisantez ? On vient de passer plus d'une heure à plancher sur ce dossier ! C'est presque vide ! Le lien entre le meurtre, l'agression de Camille et les événements de 1939 existe certainement, je vous l'accorde, mais il n'est pas là-dedans !

— J'ai peut-être une piste, risqua Isabelle.

Ils la fixèrent comme si elle venait de proférer une grossièreté. Elle compulsa le dossier, et s'arrêta sur un feuillet :

— Là, dit-elle, en pointa un paragraphe de l'index. C'est le texte chronologique établi par Carole, qui était réparti dans plusieurs fichiers : il est question de deux individus, un père et son fils... Miguel et Juglio... partis de chez le grand-père de la victime, lequel les avait hébergés durant quelques semaines... Pourquoi le grand-père a-t-il exhorté la jeune femme à les retrouver ? Ils ne correspondent à rien dans l'enquête que nous menons... apparemment... Et s'ils savaient quelque chose, s'ils avaient fui pour échapper à quelqu'un... Si le dénommé Pasquale Hernandez n'avait pas eu cette chance ?

— Belle démonstration, la félicita Patricia Delmonod. Trouvez-nous un témoin qui nous donnerait la clé de l'énigme, pour d'une part étayer votre hypothèse, et d'autre part mettre la main sur l'assassin...

— Y en a un qui sait ! Antoine ! fit Isabelle.

— Antoine ?

— Le vieil homme que Carole a réussi à amadouer... Celui qui habite Arandon !

— Vous pensez que... ? Ce n'est pas bête... J'appelle Berger, pour qu'il vous envoie par courriel un ordre de mission.

Delpiéri leva le pouce en direction de son adjointe qui fit une affreuse grimace en retour. Elle se plongea dans son écran, pour consulter l'annuaire global de la France entière, qu'elle téléchargeait à chaque renouvellement. Là, peu importait la fraîcheur des renseignements, le dénommé Antoine devait habiter sa commune depuis des lustres. Commune d'Arandon... Il lui fallut parcourir tous les patronymes, puisqu'elle n'avait que le prénom du bonhomme :

— Bingo ! Antoine Montardi. Il habite rue de Beauregard à Arandon. C'est pas très grand, on trouvera facilement. J'imprime le plan du village et l'itinéraire pour se rendre là-bas.

— Vous ne l'appelez pas avant de vous présenter à sa porte ? demanda la magistrate.

— Surtout pas ! dit Borland. Si on en croit l'échange de mails entre les deux jeunes femmes, ce gars-là est très méfiant, et Carole a eu du mal pour l'amadouer et le rencontrer.

Delpiéri consulta sa montre :

— Le temps de se restaurer... Départ à midi trente !

— J'conduis ?

— Surtout pas, Isabelle ! Sinon tu seras de corvée de nettoyage de voiture !

C'était de nouveau la foule dans le cellier. Les dégustations battaient leur plein. Mais il ne leur fut pas très difficile de trouver de quoi caler leurs estomacs.

Puis, tandis que la procureure restait sur place, les trois gendarmes mirent le cap sur Belley, puis Arbignieu, Prémeyzel, Morestel et enfin Arandon. Ils laissèrent la D14 sur leur droite et se retrouvèrent rue de Beauregard.

Dimanche – 13 heures 50

D'un côté des champs et quelques bosquets ; sur la gauche le village, qui s'était développé entre les deux longues rues qui l'enserraient et filaient vers l'ouest, vers les ruines des usines Vialle qu'ils apercevaient à quelques centaines de mètres de là. La plaine, tout autour, butait bientôt contre quelques collines qui ne réussissaient pas à casser la plate monotonie du relief. Isabelle Morel frissonna malgré elle :

— Je trouve cet endroit profondément triste, murmura-t-elle.

L'adjudant lui jeta un coup d'œil surpris :

— Sans doute parce que nous sommes habitués à plus de vallonnements...

— Peut-être. Pourtant, on ne peut pas dire que la Bresse soit un pays de montagnes !

Borland gara le véhicule devant une maisonnette entourée de massifs à la terre fraîchement remuée. On avait mis en place des îlots de plantes qui égaieraient l'allée de pierres plates menant au perron. Les gendarmes descendirent de voiture. La jeune femme avisa la sonnette sur un des piliers du portail, et appuya sur le bouton. La porte d'entrée s'entrouvrit. Un vieillard apparut, visage ridé encadré d'une abondante chevelure d'un blanc immaculé, et d'une barbe parfaitement taillée. Il s'avança dans l'allée, apparemment méfiant :

— C'est à quel sujet ? questionna-t-il, d'un ton bourru mais ferme, le regard sombre.

— Vous êtes bien Antoine Montardi ? demanda Isabelle Morel.

— Ouais, ça s'peut, si vous le dîtes !

Cela s'emmanchait mal. Le bonhomme n'avait pas l'air très coopératif.

— Nous sommes de la gendarmerie de...

— J'avais remarqué, ma petite dame ! Qu'est-ce que vous me voulez ?

— Nous voudrions vous entretenir à propos d'une jeune femme qui est venue vous v...

— Je parle pas aux flics ! cracha Antoine.

Il fit mine de faire demi-tour. Pourtant, il leur sembla qu'il attendait autre chose. Bon signe, ou pas ? Isabelle continua :

— Je veux parler de Carole, qui vous a rendu visite il y a une dizaine de jours...

— Et alors ? Qu'est-ce que ça peut vous foutre ? J'ai rien à vous dire !

— Monsieur Montardi... Elle a été assassinée !

Elle avait joué le tout pour le tout. Borland avait grimacé, Delpiéri fermé les yeux. Si l'autre tournait les talons et s'enfermait chez lui, ils n'avaient aucun moyen de l'obliger à leur parler. Le vieil homme se figea, tourna la tête, plongeant son regard d'un noir intense dans celui de la jeune femme. Un silence presque palpable glissa entre eux.

— Nom de dieu ! dit-il enfin. Je lui avais bien dit de faire gaffe ! Entrez, suivez-moi, nous serons mieux à l'intérieur.

Les trois gendarmes soupirèrent. Delpiéri tapota l'épaule de son adjointe, murmurant « Chapeau », puis ils suivirent Antoine Montardi dans la maison, dont il ferma consciencieusement la porte d'entrée. Il les fit prendre place autour d'une table. Les murs de la pièce étaient couverts de fresques représentant des paysages luxuriants où vallons et vallées se succédaient, offrant ici et là un palais ou une villa à colonnades entourés d'arbres et de bosquets aux couleurs chatoyantes. Leur hôte remarqua leurs regards :

— La Toscane, où je suis né et où j'ai vécu jusqu'à ce que je vienne en France pour échapper à ce fasciste de Mussolini !

— C'est magnifique, complimenta Isabelle. Vous n'êtes jamais retourné là-bas ?

— Non... C'est ici que j'ai rencontré Consuela, qui est devenue ma femme... Alors pourquoi repartir ? Mais je suppose que vous n'êtes pas là pour me parler d'elle ? *Pace alla sua bella anima*...

Il se signa brièvement avant de poursuivre :

— Ainsi, l'Histoire a eu raison de cette gentille Carole...

C'était pour lui plus une évidence qu'une question. Delpiéri rebondit aussitôt :

— Pourquoi l'Histoire aurait-elle...

Antoine lui coupa la parole. Le ton était devenu sec, coupant :

— Vous savez, monsieur... vos collègues d'alors n'ont pas toujours joué le meilleur rôle !

— Nous le savons, malheureusement... Certains ont fait à ce moment-là des choix pour lesquels ils n'auraient jamais dû opter...

— C'est tout à votre honneur de le reconnaître. Allez ! On ne peut pourtant pas revenir sur le passé, si sombre soit-il... C'est une frange abominable de cette foutue Histoire que la jeune Carole est venue chercher chez moi... Je ne lui ai pas demandé comment elle a découvert mon existence. Peu importe... C'est peut-être à cause de ce que je lui ai raconté qu'elle est morte... Une victime de plus, comme s'il n'y en n'avait pas assez dans cet épisode...

Il se tut un instant, le regard dans le vide, entrevoyant sans doute des lambeaux des brumes du passé, de son passé... Il toussota, et reprit son récit, les yeux plus humides qu'avant :

— Imaginez... On était en 1937... J'étais ici depuis quatre ans, ayant échappé à la police de ce crétin de Benito... Je travaillais à l'usine de monsieur Vialle, comme d'ailleurs pratiquement tout le village et les alentours. Une usine où on fabriquait des camions de 7,5 tonnes de charge utile, et des autocars pour trente à cinquante-cinq passagers. Cela allait mal, à cause de la concurrence, et de certains choix du patron en matière de voitures de luxe qui avaient ruiné sa société. Il mit la clé sous la porte cette année-là. Il a fallu trouver du boulot ailleurs. Ce ne fut pas trop difficile, le chômage n'existait pas vraiment à cette époque. C'étaient plutôt les bruits venant de l'étranger qui nous inquiétaient... Le dingue qui avait pris le pouvoir de l'autre côté du Rhin, et le massacre organisé en Espagne...

« Mais c'est début 39 que les choses nous touchèrent vraiment. Près de 450 000 Espagnols fuyant leur pays passèrent la frontière des Pyrénées, dans des conditions parfois abominables. C'était ça ou la répression sanglante planifiée par Franco pour éliminer toute révolte future contre sa dictature… Ils arrivèrent par familles entières, furent entassés dans des camps de fortune dans tout le Languedoc et le grand sud de la France, avant d'être envoyés dans d'autres départements…

— Dont votre village, dit Borland.

— Oui… Oui… Disons que le département de l'Isère s'était porté volontaire pour accueillir des réfugiés. Cela a soulevé des vagues de protestations. Quand deux mille d'entre eux furent conduits par trains spéciaux jusqu'à Grenoble en janvier 1939, ils se retrouvèrent d'abord parqués au Palais de la Houille Blanche du parc Mistral, dans des conditions d'hygiène que je vous laisse imaginer… Mais la Foire devait s'y dérouler, plus importante qu'eux tous ! Alors il fallait virer ces indésirables qui, de plus, faisaient peur : n'avaient-ils participé à une guerre civile de près de deux ans, n'avaient-ils pas massacré certains de leurs ennemis si l'on en croyait la propagande franquiste ? Les gens sont plus facilement perméables aux idioties qu'à la réalité des choses. Enfin, les communes furent destinataires de demandes d'hébergement de la part du préfet. Ce fut là que notre ancien patron, Monsieur Vialle, également maire de la commune, eut l'idée de proposer son ancienne usine, à condition qu'elle soit retapée pour pouvoir accueillir tous ces gens. Un peu plus de mille deux cents personnes, surtout des femmes et des enfants furent finalement transférées là-dedans en juin, dans des bâtiments non rénovés, insalubres, quasi impossibles à chauffer. Ils restèrent dans ces conditions indignes jusqu'à la déclaration de guerre contre l'Allemagne… Là, on les enrôla dans des bataillons de Travailleurs Volontaires, et ceux qui ne le voulurent pas furent renvoyés direct en Espagne.

Il se tut de nouveau, le regard perdu dans le vague. Delpiéri en profita :

— Je ne comprends pas pourquoi on aurait tué Carole parce qu'elle semblait vouloir évoquer ce qui s'était déroulé dans ce camp…

— J'y viens… Les conditions de vie étaient intenables, je l'ai dit. Alors, malgré les deux rangs de barrières grillagées autour du camp, quelques-uns réussirent à s'échapper... Il faut dire que certains gardes mobiles assignés à la surveillance fermèrent probablement les yeux sur les fuyards. Je ne sais pas où allèrent ces derniers, ils disparurent dans la nature. Pourtant, un soir d'août 39, il devait être dans les vingt-trois heures, quand on frappa à ma porte, cela me prit aux tripes... J'ai compris avant même d'ouvrir que ma vie allait basculer... Pourquoi ? J'en sais rien, et je m'en fous, je ne regrette rien !

26 août 1939

Antoine était absorbé dans la lecture du journal. La journée avait été pluvieuse et grise... Il appréciait le calme de la soirée. Certes, cela n'était pas la douceur de vivre de la Toscane, mais il avait fini

par se faire accepter dans ce village où le vieux Alphonse l'avait accueilli quatre ans plus tôt, sans lui demander pourquoi il fuyait le régime de Mussolini. « Cela ne me regarde pas, petit, avait-il dit, tu as tes raisons pour te tirer de cette dictature de merde, alors sois le bienvenu ! Tu es ici chez toi ! » Le vieux communiste était mort l'année dernière, et lui avait légué sa petite maison.

Alors, il avait posé son journal, et avait ouvert sa porte.

Ils étaient six, dont deux jeunes garçons, et deux femmes : un père et son fils, un couple avec un garçonnet, une femme seule. Hagards, ils jetaient des regards apeurés en direction du camp... Antoine avait compris, immédiatement. « Entrez, vite ! » Il leur avait donné de quoi manger, de quoi se laver, de quoi passer la nuit...

Le lendemain, une agitation inhabituelle régnait dans le coin. Des camions de gendarmerie sillonnaient les routes, des barrages avaient même été installés à certains carrefours. Il avait compris qu'on recherchait les fugitifs. Ils devaient d'ailleurs être plus nombreux pour qu'il y ait un tel déploiement des forces de l'ordre ! Sa maison possédait une cave, ignorée de la plupart des habitants d'Arandon. C'était le vieux Alphonse qui l'avait creusée petit à petit, du temps où les réunions de bolcheviques étaient interdites. Il cachait les camarades de passage là-dedans quand cela chauffait un peu trop ! Alors, naturellement, Antoine cacha les six Espagnols, avec vivres et couvertures, leur expliquant que cela allait se tasser très vite. C'était l'affaire d'un ou deux jours.

En milieu de matinée, il avait eu la visite des gendarmes, dont un certain Bernard Trapier, de Morestel, avec qui il jouait parfois aux cartes au bistrot.

— Salut l'Antoine...

— Salut Nanar ! Qu'est-ce qui t'amène ?

— Tu t'en doute un peu, non ? On fait le tour des maisons pour savoir si les gens ont aperçu les espingouins qui se sont fait la malle hier soir. T'as rien vu ?

— Ah non ! J'ai dormi comme un bébé. J'ai eu une dure journée hier, et puis, le mauvais temps, ça me rend tout mollasson.

Les deux autres gendarmes avaient rapidement visité la petite maison. Sans se douter de l'existence de la cave, à laquelle on accédait par une trappe étroite, sous le lit de la chambre. Ils saluèrent pour aller plus loin. En sortant, Trapier fit un clin d'œil à son partenaire aux cartes :

— Fais gaffe, Tonio... Attends deux jours... Tu piges ?

Montardi eut un imperceptible mouvement de tête. Le message était passé.

Ses hôtes restèrent cachés un jour de plus, mieux valait être prudent. Les camions repartirent, bredouilles.

Le troisième jour, après avoir recommandé aux six Espagnols de ne pas bouger, il fila vers Bourgoin. Il en aurait pour une grande partie de la journée. Là-bas, il avait fait la connaissance d'un libraire un peu spécial ! Ce dernier s'était fait passeur, depuis plus de deux ans. Il recueillait des réfugiés, les soignait, les nourrissait et les faisait passer en Suisse, à travers les forêts du Bugey où il connaissait quelques individus de confiance. Il avait compris l'activité souterraine de Marc Grandin un jour de décembre l'année précédente, quand un type était entré dans la librairie et avait chuchoté à l'oreille du propriétaire : « C'est pour ce *soir, tu les tiens prêts pour dix heures ! » Chuchoté trop fort… Grandin avait fermé les yeux, le désignant d'un signe de tête. L'autre avait fait demi-tour en haussant les épaules. Antoine avait choisi son livre, s'était approché de la caisse. La boutique était vide, ils n'étaient que tous les deux. Montardi avait murmuré en payant son achat : « Il faudra dire à votre contact d'être plus discret… Soyez rassuré, je suis réfugié italien. » Soupir de soulagement du libraire avec qui il avait depuis lors entretenu des liens d'amitié.*

— Vous imaginez bien, quand j'ai entendu Carole se présenter sous le nom de Grandin, cela m'a fait quelque chose… Ce jour d'août, c'est chez Marc que je me suis rendu. Il fallait qu'il m'aide à faire passer mes réfugiés en Suisse. On s'est mis d'accord : un type en voiture devait les récupérer près de Morestel et les conduire à la librairie. Seulement voilà : quand je suis revenu à Arandon, trois d'entre eux avaient quitté la maison !

— Mais enfin, bon sang, qu'est-ce qui leur a pris ?

La jeune femme seule, une dénommée Consuela, qui parlait parfaitement le français, expliqua que Pasquale avait décidé de retrouver un vague cousin près de la ville de Belley, qui avait quitté l'Espagne deux mois avant lui.

— Et il a embarqué son gosse et sa femme avec lui dans cette folie ? tonna Antoine.

— On a bien essayé de l'en dissuader, mais rien n'y a fait… Ils sont partis, c'est tout.

— Cela fait combien de temps qu'ils sont partis ?

— Ce matin ! Peu de temps après vous.

— Il a dit où ils allaient exactement ?

— Non !

Antoine se laissa tomber sur une chaise. Il se doutait que ces trois-là avaient un but précis en quittant le camp, cela se lisait dans leurs yeux. Le gosse avait d'ailleurs dit quelque chose à ce sujet, un truc comme : « Dis, quand on verra Alessandro ? », dans sa langue maternelle, qu'il avait néanmoins compris. Le môme avait été aussitôt repris par sa mère. Et maintenant, voilà qu'ils s'étaient évanouis dans la nature. Avec l'impossibilité de les retrouver. Belley n'était pas éloignée, mais que d'embûches avant d'y parvenir...

Le soir venu, la voiture envoyée par Marc Grandin emporta Miguel et son jeune fils. Il devait passer de nombreux mois cachés dans les combles de la librairie.

Consuela ne voulut pas partir, n'ayant nul endroit où se rendre.

Antoine écarta les bras, soulignant son impuissance :

— J'aurais pu leur faire comprendre qu'il était compliqué et dangereux de se déplacer dans la région, sillonnée en permanence par les forces de l'ordre. Les habitants avaient tellement peur des « étrangers » qu'il leur fallait voir les gardes partout pour être rassurés ! Mais non, ils avaient foutu le camp pendant mon absence... Heureusement que Miguel et Juglio avaient pu être sauvés par Marc Grandin...

— Consuela est restée chez vous ?

— Oui... Ben... Vous savez, elle et moi, on se plaisait un peu, alors... Et puis, elle avait eu toute sa famille anéantie par les autres furieux de nationalistes. Elle n'avait aucun endroit où aller. On est resté ensemble soixante dix ans... Elle m'a quitté en 2009, un jour gris de novembre. On a eu une belle vie, tous les deux. On n'a jamais regretté...

Delpiéri observa un instant de silence, respectant la tristesse retenue du vieil homme :

— Pasquale... Vous l'avez revu ? Il vous a donné de ses nouvelles ?

— Non, aucune... Mais, en 42 je crois, j'ai su par d'autres réfugiés qu'il aurait été pris par les... gendarmes. Il aurait paraît-il été dénoncé par quelqu'un de la région. Un type en adoration devant Franco. Un de ces dingues qui auraient voulu que la France suive le même chemin... Sa femme et son fils auraient pu passer à travers les mailles du filet. Ce fut pour moi une réalité quand Carole est revenue me rendre visite, accompagnée cette fois-là de l'arrière-petite-fille de Pasquale. C'est tout ce que j'ai pu savoir.

— Vous ne savez pas ce qu'il a pu devenir ?

— Vous vous en doutez bien un peu, non ? Il a dû être embarqué dans un de ces trains de la honte qui ont rapatrié dans leur pays un grand nombre de ces Républicains, pour les livrer à l'autre malade !

— Il se nommait bien Pasquale Hernandez ?

— Oui monsieur, c'était son nom. Sa femme s'appelait Magdalena, et leur fils Pedro. L'ancêtre de Camille.

Dimanche – 16 heures

Un coup discret frappé à la porte fit tourner la tête à Eric Angelot. Cela faisait quatre heures qu'il arpentait son établissement parmi les invités, sans discontinuer. Il s'était octroyé une petite pause dans son bureau. Le corps enveloppé par le cuir du vieux fauteuil, les deux pieds en appui sur le plateau du meuble, il avait fermé les yeux, respirant profondément, savourant ce moment de silence avant de replonger dans la foule compacte à l'extérieur. Des coups discrets le firent soupirer : terminée, la pause !

Il se releva pour ouvrir la porte. Laura Mastrochin… Il la fit entrer :

— Ah ! C'est vous… Ça va ?

— Si on veut… J'essaie de faire face. Ce n'est pas facile, mais j'arrive à gérer. En fait, je suis venue pour me changer les idées. Rien de mieux que s'immerger au milieu de la foule pour ne pas broyer du noir en permanence.

— Vous vous êtes rappelé quelque chose depuis hier ? Une chose que vous aurait dit Carole ?

— Non, pas vraiment… J'ai tout repassé dans ma tête, point par point. Toutes ces visites avec Carole… Ces lieux bizarres, chargés d'histoire, cette impression indéfinissable qui vous saisit quand vous y évoluez… Comme si des milliers de voix appelaient encore à l'aide, comme si…

Elle se tut un instant, avant de reprendre, plus sûre d'elle :

— J'avais dit à Carole que c'était dangereux ce qu'elle entreprenait… Elle n'a rien voulu savoir… Elle n'a pas voulu m'écouter…

— Elle voulait seulement se rendre utile... un peu comme son grand-père, non ?

— On a vu où ...

Elle s'interrompit, tournant la tête vers la porte. « Pour éviter mon regard », pensa aussitôt Eric Angelot. « Bizarre... »

— Vous voulez vous asseoir un instant ?

— Euh... Non, je vais aller faire un tour à l'extérieur...

Laura planta là le viticulteur et fila dans le grand hall du cellier. Il la regarda s'éloigner, puis haussa les épaules avant de s'étirer et de reprendre son rôle d'hôte attentionné.

Dimanche – 18 heures 45

— Madame la Procureure ?

— Elle-même...

— Docteur Lémani. Je vous appelle au sujet de mademoiselle Hernandez. Elle a repris connaissance.

— Bonne nouvelle ! J'avertis les...

— Non... Euh... Madame, je préfèrerais qu'elle reste au calme jusqu'à demain matin. Elle est encore très faible, et doit donc rester sous surveillance.

— Comme vous voudrez... C'est vous le médecin... J'appelle néanmoins le lieutenant Borland, pour qu'il vous envoie un planton devant la porte de sa chambre.

— Vous ne pensez tout de même pas que...

— Mon cher, dans un cas comme celui qui nous préoccupe avec Camille Hernandez, je ne suis pas payée pour penser mais pour agir.

Le toubib ne put que s'incliner, bien qu'il n'aimât pas qu'un gendarme fasse le guet dans le couloir du second étage de son hôpital. La magistrate avait sans doute ses raisons pour faire surveiller la patiente

Lundi – 1 heure 30

L'ombre s'était approchée silencieusement de l'entrée principale du centre hospitalier, tout en restant dissimulée sous les arbres de la cour. Tout semblait calme, la nuit n'avait pas encore livré son lot de souffrance et de solitude... Sur la droite, près de l'accès aux urgences, les véhicules du SMUR attendaient, prêts à parer à toute éventualité. Sous le porche principal, pas âme qui vive. Il était vrai que la nuit, les visites étaient interdites.

L'ombre leva les yeux vers les étages du bâtiment construit en forme de L, parcourant du regard les fenêtres sombres. Elle était là, quelque part...

Elle avait tenté une première apparition en fin d'après-midi, et étudié le tableau des chambres : le nom de l'autre n'était pas inscrit ! Sur le moment, cela lui avait paru étrange. Elle avait compris quand un gendarme était arrivé, accueilli par un toubib, à qui il avait emboîté le pas... Ainsi, elle était gardée !

L'ombre avait alors tenté le tout pour le tout. En découvrant un peu son visage, sa capuche pouvant attirer l'attention, elle avait sillonné les différents étages. Le brigadier s'était posté devant une porte. Il avait un siège à sa disposition, donc il resterait toute la nuit.

Elle se trouvait dans l'impossibilité d'intervenir...

L'ombre redescendit à l'accueil, après avoir mémorisé l'emplacement de la chambre et la pièce dédiée au personnel médical, puis avait filé dans Belley.

Ainsi, la dose n'était pas assez puissante... Ou alors, quelqu'un l'avait retrouvée trop tôt. Pourtant, là-haut, au cœur du châtaignier, elle était bien dissimulée aux regards. Il fallait monter sur la plate-forme pour la découvrir.

L'ombre jura en silence :

— Il suffisait de deux heures à peine, et on n'en parlait plus !

Cette nuit, sous le couvert des ténèbres, elle était revenue pour tenter quelque chose… Quoi ? Elle ne le savait pas elle-même.

Il n'y avait que dans les films qu'on entrait dans les centres de santé pour régler leur compte à un témoin gênant. Elle comprit qu'elle ne pouvait rien faire. Il ne lui restait qu'à espérer que la boîte de médicament fasse diversion :

— Elle n'aura pas le temps de parler… Il ne faut pas qu'elle leur dise…

L'ombre tourna les talons, elle disparut dans la nuit belleysanne.

Lundi – 9 heures

Lorsque Borland et Delpiéri arrivèrent à l'hôpital, la procureure faisait les cent pas dans le hall de l'entrée. Elle bondit dans leur direction :

— J'ai vu Lémani. Il a décelé de légères contusions au niveau des avant-bras de Camille Hernandez. Il semble donc y avoir eu lutte avec son agresseur, à moins que ce soit quand il l'a tirée là où nous l'avons découverte.

— Rien d'autre ? Une trace de piqûre, de griffure, de coup ou je ne sais quoi dans ce goût-là ?

— Qu'est-ce que vous voulez dire ?

— Je veux juste savoir si elle a été frappée, comme Carole Grandin, voire piquée pour lui injecter une quelconque cochonnerie…

— Non… Il ne m'a rien dit de tel. Par contre, il a envoyé en urgence au labo un échantillon du lavage d'estomac, pour analyse.

— Aurait-il des doutes sur le produit absorbé, demanda Delpiéri.

— Je ne sais pas... Il a actuellement une urgence à traiter, et nous rejoindra dans un moment auprès de Camille. Allons-y, messieurs !

Le gendarme en faction dans le couloir les salua et leur indiqua que la nuit s'était déroulée normalement. Borland l'envoya se restaurer. Il serait relevé dans quelques minutes par un collègue.

Ils entrèrent dans la chambre.

Camille était d'une pâleur extrême, le regard rivé sur le plafond. Quelques larmes avaient coulé le long de ses joues. Son bras était relié à un goutte à goutte qui lui apportait nutriments et vitamines. Elle tourna la tête avec une grimace à leur entrée, tentant un sourire. Patricia Delmonod se pencha au-dessus de la jeune fille :

— Bonjour, Camille... Comment vous sentez-vous ?

— ...en miettes, madame la Procureure... Mal partout...

— Vous nous avez fait une belle peur. Quelle idée vous est passée par la tête ?

— Pas moi...

Elle parlait bas, avait visiblement du mal à articuler. Ils durent s'approcher au plus près pour saisir ses réponses.

— Comment cela « pas moi » ? murmura la magistrate.

— Pas moi... répéta Camille... agressée...

— Vous voulez dire que quelqu'un vous agressée ? Dans ce pré ?

— D'abord invitée à y aller... puis agressée...

— Et vous connaissez votre agresseur ? demanda le lieutenant.

— Je crois !

Le son de sa voix était de plus en plus faible. Sur le monitoring, les ondulations des lignes vertes et jaunes eurent quelques hoquets. Camille respira plus fort, une ou deux fois, avant de s'apaiser, lentement. Delmonod reprit :

— Qui est-ce, Camille ? Qui vous veut du mal ?

La jeune fille ouvrit la bouche, remua les lèvres, mais aucun son ne leur parvint... Elle soupira en reposant la tête au creux de l'oreiller. Elle tremblait, maintenant. Sur l'écran du monitoring, les courbes commençaient à s'affoler ;

Une infirmière fit brusquement irruption dans la chambre, suivie du docteur Lémani :

— Ecartez-vous, ordonna-t-elle... On est en train de la perdre !

La procureure et Borland reculèrent précipitamment vers la tête de lit. Delpiéri voulut faire de même, mais la main de Camille avait agrippé sa manche, le retenant près d'elle. Les yeux de la jeune fille brillaient, noirs sur la blancheur de cire de son visage. L'infirmière allait bousculer l'adjudant, quand Lémani lui fit signe d'attendre. Sur le côté, les lignes étaient de plus en plus désordonnées. Le gendarme se pencha, collant presque son oreille contre la bouche de la victime :

— ...l'aut'garce... l'aut'garce... Trun... Truneaudier... Truneaudier...

Elle lâcha la manche de Delpiéri qui recula après avoir murmuré :

— On l'aura, vous avez ma promesse...

Il rejoignit la procureure et Borland, lesquels étaient sortis dans le couloir :

— Qu'est-ce qu'elle t'a dit ? demanda le lieutenant.

— Elle a répété ce qu'avait noté la personne qui l'a surveillée durant la nuit de samedi à dimanche : d'une part le mot *garce*, deux fois de suite, et ce qui semble être un nom : *Truneaudier*...

— Qu'on peut rapprocher de *prunellier* ou *prunalier*, compris à tord par la même personne, compléta la procureure.

Lémani, le médecin, les avait rejoints :

— Son état se stabilise peu à peu. Elle s'est rendormie.

— Est-il normal que ce qu'elle a avalé ait ce... résultat ? questionna Borland.

— A vrai dire... non ! Le Zopiclone est dangereux, c'est vrai, à condition d'en avaler une forte dose. Avec le lavage d'estomac qu'on lui a administré, elle serait certes dans le cirage, mais pas au point d'affoler les appareils. Madame, vous m'avez posé des questions hier soir sur d'éventuelles traces de piqûres. J'ai donc réexaminé Camille Hernandez. J'ai effectivement décelé une minuscule trace dans son cou, à la racine des cheveux. J'ai immédiatement appelé le labo pour qu'ils pratiquent les examens d'urgence. La réponse est là-dedans, dit Lémani, agitant une chemise contenant deux feuillets. Ce sont les résultats de l'analyse : Camille a été empoisonnée par une cochonnerie à base de champignons et de plantes toxiques, devant entraîner la mort dans les cinq à six heures... Mais nous sommes intervenus à temps, le lavage en a supprimé une bonne partie. Nous allons lui administrer des antidotes qui devraient marcher. Les comprimés n'étaient là que pour donner le change, si je puis dire. La dose ingurgitée est faible. L'assassin a très certainement dû les lui faire avaler alors qu'elle commençait à partir dans le cirage.

— C'est pas vrai, marmonna Patricia Delmonod. Si nous n'avions pas pensé à une piqûre...

— On la perdait définitivement, assura le toubib. Je me demande même si une autopsie aurait révélé le poison. Pas sûr, avec des trucs à base de plantes. Elle n'est pas cyanosée, il n'y a aucune trace apparente...

— Nous nous serions fait baiser comme de simples débutants ! grinça l'adjudant.

Lundi – 10 heures 15

Les visiteurs étaient un peu moins nombreux que la veille au cellier Angelot. Ce jour-là, c'étaient plutôt ceux qui venaient de plus loin, voire de la Suisse proche, des habitués qui passaient là chaque année pour réassortir leurs caves.

Isabelle Morel, hermétique au pedigree des gens présents, avait gagné directement le bureau affecté à l'enquête, où étaient déjà réunis les autres gendarmes et la magistrate :

— Désolée pour le retard : un accident au carrefour de Pont d'Ain entre un poids lourd et une camionnette. Une demi-heure d'attente. J'ai eu beau user de mon charme légendaire, le lourdaud qui faisait la circulation n'a rien voulu savoir ! Bon ! On a quoi aujourd'hui ?

— Tu t'enchaînes à ta bécane, annonça l'adjudant, et tu trouves tout sur un dénommé Truneaudier. Un ou une d'ailleurs.

— Qui c'est ?

— Certainement le nœud de l'affaire.

— Le meurtrier ?

— Peut-être également...

— Il se situe à quel endroit, ce quidam ?

— En premier lieu, dans la région. Il semble qu'il ait rencontré, voire tenté d'empoisonner la jeune Camille. Alors au boulot, ma grande...

— Je l'aurai, je l'aurai !

Ils n'entendirent plus que les sons caractéristiques des touches du portable. La gendarme avait ses entrées secrètes dans un certain nombre de bases de données qui lui permettaient beaucoup de manipulations enviées par ses collègues d'autres brigades.

Patricia Delmonod déposa sur la table une liasse d'une quinzaine de feuillets. Elle avait fait jouer ses relations la veille au soir :

— Figurez-vous, messieurs, expliqua-t-elle, que déranger des contacts un dimanche soir peut s'avérer gagnant. J'ai en effet passé deux coups de fil, chez les fournisseurs d'accès de Carole Grandin d'une part, et Camille Hernandez d'autre part. Une bonne façon d'être sûre qu'ils n'avaient pas d'autres dossiers sous les yeux. Résultats assurés pour le lendemain matin. Par contre, les gens d'astreinte au siège technique de chaque société ont dû me maudire... Bref ! Voilà les listes d'appels de la dernière semaine de fonctionnement des mobiles de ces demoiselles. A vous de les éplucher... Pour ma part, je ne peux rester plus longtemps. Si vous avez du nouveau, vous savez où me joindre...

Borland et Delpiéri se plongèrent chacun dans une liste. L'adjudant hérita de celle concernant Carole, le lieutenant celle de Camille. Ils commencèrent par biffer les appels de l'une vers l'autre, puis se penchèrent sur les appels vers des tiers. Ils reconnurent ceux vers Antoine Montardi ; là, il y en avait plus de la part de l'œnologue que de Camille. Normal, c'était elle qui l'avait trouvé et qui avait réussi à négocier des rendez-vous. Le reste des numéros appelés, ou appelants n'étaient pas communs aux deux listes, sauf un. Ils s'y attardèrent :

— On peut noter que c'est Carole Grandin qui était le plus en relation avec ce numéro. Il n'est qu'occasionnel pour Camille, remarqua Borland.

— En effet. Il y a plusieurs appels chez elle, de courte durée. Pour sa part, elle n'en a passé que deux, le premier vendredi à 13 heures 20, et le second samedi à 9 heures. Les deux furent très courts. Dans l'autre sens, rien jusqu'à dimanche où il y a eu deux, non trois dans la matinée.

— Chez Carole, c'est un nombre impressionnant de messages dans les deux sens... Dont un certain nombre après sa disparition...

Les deux gendarmes se regardèrent, interdits :

— Tu penses la même chose que moi ? demanda Delpiéri.

— Oui, et je crois que nous savons à qui appartient ce numéro de portable !

— Laura Mastrochin !

— Ouais, Laura... Mais pourquoi entretenait-elle également des relations avec Camille ?

— Il suffira de le lui demander... Dès que Morel a obtenu des résultats, on file à Belley.

Isabelle releva la tête :

— Ça va venir, ne vous affolez pas. Allez donc vous rincer la dalle, je serai plus tranquille pour bosser...

L'adjudant leva les yeux au ciel en secouant la tête. Il fit signe à son ami de le suivre hors du bureau :

— Tous tes adjoints te parlent comme ça ? demanda le lieutenant, un peu abasourdi par la réplique de la gendarme.

— Pas vraiment… Isabelle a son franc parler, c'est sûr. Mais c'est un as dans sa partie. Et puis, on se connaît depuis longtemps tous les deux. Deux potes, si tu vois ce que je veux dire.

— OK ! Mais cela fait cependant un tantinet… drôle !

— Je m'en doute… Allez, accompagne-moi du côté des stands, c'est l'heure du casse-croûte matinal.

Lundi – 11 heures 48

Isabelle Morel ouvrit divers sites de généalogie, lançant des requêtes sur chacun d'eux. Truneaudier n'était pas un nom courant. Si quelqu'un l'avait entré dans les bases de données, il la conduirait sans doute à celui qu'elle recherchait.

Pourtant, l'un après l'autre, les sites répondirent par un « *aucun terme ne correspond à votre demande* ». La gendarme perdait patience.

Elle avait parcouru les fichiers en sa possession, sans résultat. Rien non plus du côté de celui des cartes grises, rien au répertoire de la sécurité sociale, rien au centre des retraites de Toulouse ni des autres centres gestionnaires, pas plus dans les listes de taulards, et encore moins dans ceux de la police, Interpol compris ! Elle avait chaque fois élargi les recherches à la France entière. Tous les *Truneaudier* étaient mort depuis plus de cent ans ! Pourtant elle était certaine que Camille n'avait pas raconté de craques, surtout deux fois de suite…

Le résultat du dernier site de généalogie s'afficha. « Pétard ! Je l'ai, le gâchon ! » Il existait bel et bien un individu portant ce nom, né en Isère le 15 mai 1902, à… Arandon ! Pour un peu, la jeune femme aurait embrassé l'écran de son ordinateur. Malgré tout, la fiche était peu fournie. La date de sa mort était indiquée, ou plutôt l'année, 1945, sans indication de mois ni de quantième. « Bizarre, ça… » Elle continua sa lecture, faisant apparaître la suite en usant de l'ascenseur sur la droite de l'écran. « Bon, il avait eu le temps de se trouver une femme avant de mourir ! Une dénommée Denise Tragon… Encore un nom vachement pas répandu ! Ils ont eu une fille, Clotilde, née le 05 juillet 1938… Bigre, pile neuf mois après leur mariage. Ça n'a pas pinaillé ! Tiens, y a pas les causes du décès. Eh ben, le bredin qui a rempli cette fiche ne s'est pas foulé ! C'est mieux que rien… »

Elle quitta le site, et tapa à tout hasard le nom de la mère dans la barre de recherche de Google. Une multitude sites fleurit sur l'écran. Elle élimina tous ceux qui faisaient référence à des pays étrangers. Elle en ouvrit alors quelques-uns au hasard, pouvant difficilement les parcourir tous les uns à la suite des autres. Pour les refermer aussitôt, sans intérêt pour l'enquête… Elle se retrouva sur une adresse qu'elle avait bien failli sauter. Une sorte de répertoire bricolé par quelqu'un qui ne s'y connaissait visiblement pas en création de sites web. Sur un fond d'un vert affreux, une liste interminable de noms et de prénoms, des femmes, des hommes, sans réel classement, apparemment ajoutés les uns à la suite des autres au fur et à mesure des trouvailles de l'apprenti webmaster. Au bas de la page, elle trouva enfin un truc connu : « Accueil », en tout petit, comme si on avait peur que ceux qui consultaient ce site aillent plus loin. Elle pointa sa souris dessus, cliqua.

Ce fut assez long. La page fut finalement remplacée par une autre, d'un jaune atroce. Le titre flambait là-dessus en rouge presque fluorescent, agressif, violent. Isabelle écarquilla les yeux. Ces deux couleurs associées lui brûlaient la rétine. Elle déglutit, difficilement ; puis se leva, renvoyant sa chaise en arrière contre le classeur mural qui tenait tour le mur. Elle bondit à l'extérieur, bouscula quelques personnes sans les voir vraiment, localisa ses deux collègues, et fila droit sur eux :

— Putain… V'nez voir sur quoi j'ai mis la souris… C'est de la bombe ! On tient le salaud qui a zigouillé la pauvre Carole !

Quelques visages se retournèrent dans leur direction. Eric Angelot, qui passait à proximité, s'approcha :

— Vous êtes sûre de ce que vous dîtes, là ?

— Je suis prête à vous le jouer à dix contre un !

Les deux gendarmes s'étaient levés. Ils abandonnèrent verres entamés et assiettes de charcutaille pour se ruer derrière la jeune femme. La porte du bureau une fois close, Isabelle leur montra l'écran. Le titre du site flambait toujours :

« Joseph Truneaudier, bourreau isérois »

Un texte de quelques lignes suivait, copie d'une coupure de presse datée du 19 septembre 1945 :

> *« Joseph Truneaudier a été condamné hier à la peine capitale, et a été pendu dans les heures qui ont suivi.*
> *« Collaborateur actif avec l'occupant, il a été confondu par un certain nombre de ses voisins. Peu de victimes étaient présentes à son procès, peu sont revenues des camps où la célérité de l'homme les avait envoyées.*
> *« Son épouse et sa fille ont quitté la région depuis quelques semaines, pour une destination que nous ne dévoilerons point. Elles ont en effet droit à l'oubli, après avoir vécu dans la peur de subir le même sort que les victimes du bourreau si elles avaient parlé. »*

— Intéressant, dit l'adjudant. Mais je ne vois pas en quoi cela va nous donner le nom de l'assassin ?

— C'est là que j'entre dans la course. Ce type avait une fille !

Elle revint sur la page précédente, celle de la longue liste. Ils la parcoururent lentement. Quelques noms, placés ici ou là, leur étaient familiers : ceux dont Antoine avait émaillé son récit. La plupart d'entre eux, d'origine espagnole, prouvaient la réalité de ces camps de rassemblement de réfugiés étrangers. Delpiéri ne voyait cependant toujours pas où les emmenait son adjointe. Il faillit intervenir pour qu'elle s'explique, mais préféra la laisser faire :

— J'ai pris le nom de la mère, Tragon, et l'ai entré à son tour dans la plupart des bases de données où je peux naviguer… Et là, j'ai effectivement dégoté une prénommée Denise. Cette femme, âgée de vingt ans en 1938 au moment de la naissance de sa fille, Clotilde, semble toujours de ce monde…

— Où vit-elle ?

— Chez elle, une maison du côté de Roubaix !

— Roubaix ? Pas plus loin ?

— Il faut avoir à l'esprit qu'elle a foutu le camp quand son mari a été pendu pour cause de collaboration, et même pire. C'était un mec franchement invivable, pas fréquentable, il leur fallait mettre de la distance entre lui et elles, et les lieux qu'avait fréquentés le bonhomme. Je suis sûre qu'il cognait, ce salaud !

— Pas grave, intervint Borland, je connais le commissaire de police de la ville. C'est un bon copain. Il nous trouvera la dame, et pourra l'interroger pour nous.

Il s'isola dans un coin de la pièce, pour passer le coup de fil. Cela prit peu de temps. Il leva le pouce en direction de ses collègues :

— Il envoie une équipe. On aura le résultat en début d'après-midi.

— Eh ben ! s'extasia Delpiéri. Il te doit une vie, ce commissaire, ou quoi d'autre ?

— Disons que je lui ai filé un sérieux coup de main dans une affaire compliquée où il piétinait grave.

Lundi – 11 heures 55

La procureure, à peine installée à son bureau, ouvrit son répertoire téléphonique. Elle vérifia un numéro qu'elle composa dans la foulée. Au bout de quatre sonneries, une voix masculine répondit :

— Procureur Duvernais, j'écoute…

— Tu as toujours la même voix envoûtante, qui doit faire fureur dans le prétoire…

— Patricia ! Comment vas-tu ?

— Bien, merci… J'ai juste besoin d'un coup de main dans une enquête très embrouillée qui ne nous mène à rien !

— Elle empiéterait sur mon département ?

— Je suis incapable de te le dire. C'est pour cette raison que je t'appelle.

Elle lui narra les grandes lignes de l'affaire. Il l'écouta, tout en admirant depuis la baie vitrée de son bureau les sommets enneigés autour de Grenoble, hochant la tête quelquefois, haussant les sourcils à d'autres passages :

— Là, tu t'avances en terrain miné, lui dit-il à la fin de son histoire…

— Et pourquoi donc ? demanda Delmonod.

— Parce que ce pan de l'Histoire de la région a été plus ou moins gommé des mémoires. Il s'est passé des trucs pas très nets. Les autochtones n'ont pas tous eu la fibre solidaire, si tu vois ce que je veux dire. Si ta victime a fouillé un peu trop profondément, je parierais fort qu'un *collabo*, ou plutôt un descendant de *collabo* ne l'ait fait taire !

— Il ne s'agit pas de débusquer ceux qui ont fricoté avec l'occupant nazi ! La guerre n'était même pas déclarée à ce moment-là !

— Je le sais parfaitement… Seulement, après les Espagnols, ce furent des communistes, des socialistes, des résistants, des juifs qui avaient fui l'Allemagne d'Hitler, tout un tas d'opposants possibles, qui se retrouvèrent en transit à Arandon et dans d'autres camps de l'Isère. Et tu connais comme moi vers quelles destinations on les envoyait ensuite…

— Autrement dit, il n'existe aucune liste de ces pauvres gens ? Tout a été…

— … détruit à la fin de la guerre ! Absolument !

— Mais c'est… c'est….

— C'est honteux !

Patricia Delmonod griffonnait sur une feuille de semainier tout en discourant avec son homologue de Grenoble. Elle eut un geste brusque, cassant net la mine du crayon de papier qui se trouva propulsé à travers la pièce, frôlant la tête de sa secrétaire, à qui elle adressa un geste d'excuse. Elle reprit, passablement découragée :

— On bute sur un nom...

— Dis toujours...

— Truneaudier !

— Nom de dieu !

Le juron fut suivi d'un long silence. La procureure ne perçut plus que la respiration de son collègue. Elle attendit. La voix était un peu altérée quand Jérôme Duvernais brisa enfin un silence de plus en plus oppressant :

— D'où tiens-tu ce nom ?

— D'une jeune fille qui se bat comme un poison administré par un individu portant probablement le même nom. Elle semble l'avoir reconnu...

— Impossible ! trancha son interlocuteur. Joseph Truneaudier est mort. Pendu à la Libération !

— Merde !

Delmonod envoya balader un second crayon, sous le regard interrogatif de Blanche, sa secrétaire. Elle réfléchissait à vitesse supersonique :

— Il avait quel âge, le client, quand ils l'ont arrangé ?

— Attends... J'ai étudié ça en arrivant à Grenoble. J'étais tombé dessus par hasard en faisant du rangement. Je dirais dans les quarante balais...

— Marié ? Des mômes ?

— Il me semble que oui. Une fille, si ma mémoire ne me joue pas des tours.

— Pas encore... Tu avais une mémoire redoutable, qui renvoyait dans les cordes toutes celles de la promo réunies, non ? Il y a quand même peu de chance que cela ait changé ?

— Ouais... Une petite fille de six ou sept ans. Elle et sa mère ont quitté la région. Il est possible qu'elles se soient réfugiées dans l'Ain, où la notoriété du père ne les avait pas précédées. Ou plus loin. D'ailleurs... Attends un instant, j'appelle un ami qui en connaît un brin sur cette période...

Il y eut des bruits à l'autre bout du fil, une conversation étouffée qu'elle n'arriva pas à saisir, puis...

— C'est bien ce que je pensais. La mère et la fille ont élu domicile à Belley ou aux alentours immédiats, sous le nom de jeune fille de la mère, avant de filer dans le nord de la France. J'ai aussi le nom marital de la fille, et même de la fille de cette dernière, si cela t'intéresse. Tu as de quoi noter ?

Lorsqu'il lui dicta les deux noms, la procureure Delmonod faillit tomber à la renverse. Et c'est d'une voix sourde qu'elle remercia Duvernais. Elle raccrocha, se leva dans la foulée, récupéra son sac et le dossier concernant l'affaire. Elle passa en coup de vent devant la table de sa secrétaire, déclarant avant de disparaître :

— Blanche, vous annulez tous les rendez-vous de cet après-midi. Je file chez Berger, puis je retourne à Belley. Je sais qui a fait le coup !

Un quart d'heure plus tard, son Scénic jaillissait de la cour du Palais de Justice de Bourg en Bresse. Assis à ses côtés, le juge Berger, lequel avait également annulé tous ses rendez-vous de l'après-midi...

Lundi – 13 heures

Aïda résonna dans le bureau au moment où Isabelle Morel s'apprêtait à rejoindre les autres au milieu des visiteurs. Ces derniers étaient moins nombreux à cette heure de la journée, et s'agglutinaient autour des stands des producteurs locaux de pâtés, saucissons, et autres « déliciosités » qui enchantaient les palais.

La jeune femme râla pour la forme et fit demi-tour, ouvrant sa boîte de messagerie.

— Mais c'est qu'il est rapide, le commissaire machin... Voyons un peu le fichier attaché qu'il nous fait parvenir...

Elle cliqua sur le lien, en haut du courriel, et lança son impression sans même prendre le temps de le lire.

Elle parcourut la feuille jaillie de l'imprimante :

— Bien... Le dénommé Joseph Truneaudier, pendu en 1945... Eh ben, pas très fréquentable, le type !... Marié avec

Denise Tragon, ils ont bel et bien eu une fille, cette fameuse Clotilde, en 1938. A Roubaix, où elles s'étaient réfugiées à partir de 1948, la mère et l'enfant ont vécu jusqu'au décès de Denise, en avril 1964. La fille est restée un temps dans l'appartement avant de le vendre. Elle avait épousé, cinq ans plus tôt, un ouvrier d'une filature du coin, Gabriel Mornaret. Ils ont fini par déménager dans la banlieue de Roubaix… Ah ouais… Avec trois moutards, la baraque n'était plus assez grande. Deux garçons, André et Roland, une fille, la petite dernière, arrivée en 1962. Cette dernière leur a causé quelques petits soucis… Qu'est-ce qu'elle avait donc, la minette ? Ah ! Quand même ! Des conneries de jeunesse ! Si on peut appeler conneries deux cambriolages… Bon, elle s'est remise dans le droit chemin, quand elle a rencontré son futur époux… C'est vrai qu'il y en a certains que l'amour calme ! Le gars l'a embarquée loin de Roubaix… Y a pas son nom, au gastounet ?

La gendarme passa au second feuillet que la machine avait éjecté entre temps :

— Alors, voyons voir le nom de l'heureux élu… La petite demoiselle, épouse son prince *calmant* à vingt ans… Je parie qu'il l'avait mise enceinte, le voyou… Bingo ! Elle accouche huit mois plus tard d'une fille… Décidément, c'est une famille à nanas ! Il est gentil le commissaire, mais un peu tête en l'air : je n'ai toujours pas le nom du gugusse… Ni la fin de l'histoire… Nicolas va encore me dire que je me suis emballée un peu vite !

Elle sortit du bureau en coup de vent, fit demi-tour quelques mètres plus loin, pour revenir donner un tour de clé, et zigzagua entre les groupes pour retrouver ses collègues. Borland et Delpiéri parcoururent les feuillets du regard, puis l'adjudant fit la grimace :

— On n'avance pas beaucoup avec ces infos-là.

— Votre copain a omis de nous communiquer le nom du dernier protagoniste de son papier, annonça Isabelle au lieutenant.

— Exact… Il a toujours été un peu brouillon, ce sacré Fred ! Je l'appelle de suite.

Quand son correspondant transmit à Mathieu Borland le nom qui faisait défaut dans son rapport, l'adjudant et la gendarme le virent blêmir, fermer les yeux, les rouvrir, puis remercier son ami d'une voix blanche, avant de le leur communiquer.

Une minute plus tard, la voiture de la gendarmerie de Belley fonçait sur la petite route en direction de Belley, sirène hurlante, et gyrophare allumé.

Dans la traversée de Billieu, ils se retrouvèrent nez à nez avec la procureure Delmonod qui, heureusement, conduisait moins vite et réussit à se garer avant un choc frontal. Elle baissa sa vitre, tout comme Borland :

— Vous savez ? cria-t-elle.

— Oui... On y va... Il faut lui mettre la main au collet, en urgence !

— Je fais demi-tour et je vous suis. Par contre, on y va doucement, pas la peine d'avertir tout le canton, lieutenant ! Et on se garera loin de son domicile !

Le reste du parcours se fit donc à vitesse normale, même si Borland piaffait d'impatience. Ils abandonnèrent leurs véhicules Place des Terreaux, où quelques emplacements semblaient les attendre.

Lundi – 14 heures 06

Le carnet était posé sur la table, ouvert à la page où tout était dit, où tout était mentionné. Son arrière-grand-père l'avait tenu au jour le jour, écrivant à l'encre violette, la même encre que celle utilisée dans les écoles à cette époque, tout ce qu'il faisait. C'était son journal intime. Mieux, un carnet de route !

Il y avait là de quoi l'envoyer en enfer plusieurs dizaines de fois : les dénonciations aux autorités des quelques juifs vivant dans Belley et autour de la ville ; les rumeurs qu'il avait répandues sur la dangerosité des Espagnols qui ne demandaient qu'à vivre en paix loin de la dictature de leur pays ; les vols effectués chez les particuliers, au nom de l'Etat français ; et puis les gens battus à mort, les femmes déshonorées, les chasses à l'homme... Tout cela sous couvert de défense des valeurs et de la pureté du peuple français.

Sur cette page ouverte, fleurissaient les premières vraies ignominies de Joseph :

> *« Je savais que le père Antoine en cachait quelques-uns. Mais le gars Antoine, y avait pas moyen de lui chercher des noises, d'abord parce que cela aurait déclenché des histoires, desquelles je ne serais pas sorti indemne, et ensuite parce que je l'aime bien, ce type... Alors, j'ai fait la seule chose possible : j'ai attendu, tout simplement : Antoine est sorti de chez lui un matin, sans doute pour se mettre d'accord avec un passeur qui conduirait ces gens-là vers la Suisse. C'est ce à quoi j'ai pensé.*
> *« Mais cela ne s'est pas déroulé comme je le prévoyais. La Sainte Providence m'a donné un coup de main...*
> *« Dans la matinée, une bonne heure après le départ de l'Antoine, j'ai vu sortir ce type, avec son fils et sa femme. Trois des Espagnols qui s'étaient réfugiés chez Montardi... Je les ai suivis, sans me montrer, sinon ils auraient filé... et moi, je ne suis pas bon à la course... Le soir venu, ils se sont réfugiés dans une grange pour passer la nuit au chaud dans le foin entassé là. J'ai foncé à la gendarmerie... Le dénommé Pasquale a été surpris au petit matin. Mais sa donzelle et son marmot n'étaient plus là. Malgré les méthodes employées, il a refusé de dire où ils étaient partis... Sans doute pas bien loin. Certainement planqués dans les bois alentours. Les pandores n'avaient pas le temps de fouiller les buissons, alors ils ont embarqué le type, et l'ont finalement fourré dans un train, avec de nombreux autres : direction leur pays. Ils se débrouilleraient là-bas avec leur Franco !*

« J'ai appris, bien plus tard, qu'il avait été fusillé à son arrivée. Normal, après avoir fait partie des enragés qui ont semé la mort dans toute l'Espagne… »

Bizarrement, En relisant ces lignes, cela ne lui faisait ni chaud ni froid. C'était son arrière-grand-père, c'était son sang… Ses parents lui avaient toujours enseigné que la famille ça se respecte, ça se défend… ça ne se laisse pas salir !

Lorsque cette Carole avait commencé à parcourir la région pour réaliser des reportages sur tous les lieux intéressants, cela lui avait paru intéressant… Mais elle était tombée sur le camp perdu d'Arandon… Et quand, en plus, Camille lui avait parlé de son arrière-grand-père, ce fut la goutte d'eau de trop. Son sang n'avait fait qu'un tour.

La famille se retrouverait en danger si elle tombait sur des preuves des agissements de Joseph Truneaudier !

Il fallait agir, très vite.

Il fallait qu'elle se taise !

La sonnette de la porte d'entrée retentit. Le temps de refermer le carnet, de tourner la poignée.

Ils firent irruption dans l'appartement :

— Laura Mastrochin, cria le lieutenant Borland, vous êtes en état d'arrestation pour le meurtre de Carole Grandin, et la tentative de meurtre sur la personne de Camille Hernandez !

La jeune femme recula d'un pas, puis tenta le tout pour le tout. Elle fonça en avant, essayant de passer entre les gendarmes. Isabelle la ceintura, le plaqua contre la cloison du couloir, murmurant à son oreille :

— Je ne te le conseille pas ! A moins que tu ne veuilles me donner l'occasion de te faire très mal…

Laura abandonna, leva les mains en signe de reddition. Les menottes lui furent passées. Puis, le lieutenant Borland la poussa vers la porte, tandis que ses collègues faisaient le tour de l'appartement. Dans la salle de bain, ils trouvèrent le flacon d'eau de toilette de la marque identifiée par le labo. Le foulard de soie était tout simplement rangé dans le dressing attenant à la chambre à coucher. La procureure fit également main basse sur le gros carnet, et Isabelle Morel emporta l'ordinateur, lequel se révéla bourré de preuves à charge

Lundi – 15 heures 30

Laura Mastrochin était assise au bout de la longue table dans la salle des interrogatoires de la gendarmerie de Belley. Elle était silencieuse. Elle savait qu'elle venait de perdre la partie. La procureure, le carnet de son arrière-grand-père en main, la fixait depuis de longues minutes, essayant de comprendre :

– Pourquoi ? finit-elle par demander.

La jeune fille la regarda à son tour. Regard noir, sourcils froncés, moue dédaigneuse :

– Vous croyez sans doute que j'allais les laisser faire, ces deux salopes ?

– Le passé gagne parfois à être révélé. De nombreux Français vivent avec ce qu'ont manigancé certains de leurs ancêtres. Nous avons tous des brebis galeuses cachées dans nos arbres généalogiques, non ?

– On ne touche pas à la famille ! Cela, c'est gravé dans le marbre…

La magistrate soupira, secouant la tête. Borland vint à son secours :

– Pourtant, votre relation avec Carole… Elle était éprise de vous, et aurait pu aisément faire l'impasse sur les agissements de Joseph Truneaudier… Vous n'êtes pas responsable des actes d'un arrière-grand-père, que vous n'avez même pas connu !

Laura laissa échapper un rire amer :

– Notre relation ! Parlons-en de notre relation ! J'avais compris à notre première rencontre, au cours d'une visite guidée dans Belley, qu'elle recherchait certains renseignements risquant de me toucher de près… Il fut facile de la séduire, pour mieux la surveiller !

— Vous avez simulé durant tout ce temps ? s'étonna Delmonod.

— Au début seulement... Puis, je me suis prise au jeu, au point de véritablement tomber amoureuse d'elle. J'en étais presque arrivée à tout lui dire, quand cette garce de Camille est venue lui raconter des histoires concernant son arrière-grand-père, le dénommé Pasquale, que mon arrière-grand-père avait dénoncé ! Cela m'a mise en rage. Alors j'ai échafaudé mon plan pour les supprimer toutes les deux...

— Pourquoi Camille ?

— Parce que c'est elle qui m'a appris, sans le vouloir, le véritable but des recherches de Carole !

— Vous étiez seule pour la faire basculer dans la cuve ?

— Oui, seule, j'avais besoin de personne !...

Nuit du dimanche au lundi, la semaine précédente

— Tu es sûre que nous n'allons pas tomber sur ton patron ?

— Mais non, j'ai les clés de la cave, puisque je surveille cette cuvée comme la prunelle de mes yeux. Si tu savais comme il me tarde d'être vendredi prochain, pour voir comment les gourmets et les autres recevront ce millésime...

— Tu en es vraiment fière, hein ?

— Oui... Trois ans que je travaille dessus, à multiplier les accords, à chercher cette subtilité qui en fera un vin d'exception. Alors oui, j'ai hâte...

— On y va ?

— Tout de suite ! Je veux que tu sois la première à me dire ce que cela vaut !

Les deux jeunes femmes se faufilèrent en silence dans la rue. Carole s'assit à la place du passager, ce qui ne lui arrivait pas souvent ; c'était plutôt elle qui pilotait pour courir les villages de la région...

Laura, une fois installée derrière le volant, rabattit sa capuche et mit le contact, tout en demandant :

— *Et tes recherches ? Tu as un peu avancé ? Je n'ai vraiment pas pu me libérer ces derniers temps pour t'accompagner dans tes virées photographiques...*

— *C'est pas grave ma puce. Je crois que j'ai trouvé qui est à l'origine de la disparition de l'arrière-grand-père de Camille...*

— *Le fameux Pasquale ?*

— *Exactement ! Il me suffira maintenant de plonger dans les sites de généalogie, ou d'appeler les différentes associations de la région. Je n'ai pas eu le temps, à cause des prochaines Portes Ouvertes, mais dès que c'est fini, je m'y mets !*

— *Une vraie détective ! La fabuleuse Nestor Burma en jupons du Bugey !*

Elles éclatèrent de rire, sans voir les rideaux d'une certaine maison qui s'écartaient un peu. Arrivées derrière la Maison Angelot, Laura gara sa Twingo dans l'ombre entre deux réverbères. Les deux comparses descendirent et Carole ouvrit la porte extérieure du cellier. Il n'y avait personne. Elles dévalèrent la volée de marches jusqu'à la cave numéro 1.

— *Voilà mon domaine, dit Carole en écartant ses deux bras. La douzaine de cuves reposaient les unes à côté des autres, bien alignées de part et d'autre de l'allée centrale, sous les lumières falotes des lumignons de sécurité.*

— *Je voudrais bien monter en haut de l'une d'elles, osa Laura, juste pour voir comment ça marche.*

— *Facile, sourit Carole... Attends-moi.*

Elle fila dans le fond de la cave, et revint avec deux échelles d'aluminium ultra légères. Elle les cala contre la cuve numéro quatre, et grimpa sur l'une d'elles. Habilement, elle souleva le dôme après l'avoir débloqué. Le disque en inox brillait faiblement. Elle tira sur le loquet qui tenait fermée la trappe située en son milieu, et dit :

— *Monte sur l'autre échelle. Mais apporte une pipette, si tu veux goûter. C'est meilleur ici qu'au bout du robinet.*

Elle se pencha au-dessus de l'ouverture sans plus s'occuper de son amie Laura qui saurait bien se débrouiller seule pour grimper. Elle ne se rendit compte de rien quand le tube de métal s'abattit à la base de son crâne, la plongeant dans l'inconscience...

— La faire basculer par l'ouverture fut un peu plus difficile que prévu. Cela me prit une bonne minute. Le bloc de métal a bien failli couler sans elle ! Le plus ennuyeux a été de rabattre le dôme, pour que personne ne se doute de rien. La trappe coinçait. Il fallut l'enlever totalement. Il me suffit ensuite de ressortir
sans bruit, de lancer la voiture sur la pente avant de mettre le contact. Je me suis débarrassée du tube de métal et de la trappe sur la route de Belley, dans une espèce de mare noirâtre.

— Et pour Camille ?

— Cette petite garce avait presque compris ! Elle m'a téléphoné plusieurs fois pour me menacer de tout révéler à vous autres, surtout après m'avoir vue vendredi dans votre bureau chez Angelot. Alors, il a suffit de lui donner rendez-vous près du châtaignier. Elle est venue, comme ces brebis qu'on mène à l'abattoir ! Une piqûre dans le cou, et quelques cachets avalés quand elle était dans le cirage, en oubliant l'un d'entre eux au creux de l'arbre !

— C'était sans compter sans quelques garnements désireux de monter un plan pour faire peur aux visiteurs de la cave qui monteraient admirer le dit arbre !

La gendarmerie de Belley retrouva effectivement l'arme du crime dans une bottasse des environs. Camille Hernandez, remise sur pieds par le docteur Lémani put témoigner à charge le jour du procès.

Laura Mastrochin fut condamnée à passer le restant de ses jours derrière les barreaux…

Postface de l'auteur :

Un camp pour réfugiés espagnols a bien existé dans le village d'Arandon, dans les locaux de l'usine Vialle. Il a fermé au cours de l'année 1940. Des renseignements sont disponibles sur la Toile, en tapant « Arandon » dans la barre de recherche de votre navigateur, ou bien dans celle de Google.
Par contre, les personnages mentionnés (à part les frères Angelot), ainsi que les faits qui les lient entre eux, sont fictifs.

Toute ressemblance avec des personnes existantes ou ayant existé ne serait que fortuite et sans rapport avec cette fiction.

La maison Angelot existe, à Marignieu, près de Belley, dans l'Ain, où Eric et Philippe Angelot produisent le nectar dont il est question dans le roman. Lecteur, si vous passez près de là, faites donc un crochet pour goûter les vins élevés à Marignieu, au cœur de la zone d'Appellation d'Origine Contrôlée des Vins du Bugey.

A visiter sur la Toile :

http://www.bugey-maison-angelot.com/

www.vinsdubugey.net

Cet ouvrage a été imprimé
en février 2013 par

CPI
FIRMIN-DIDOT

27650 Mesnil-sur-l'Estrée
N° d'impression : 117027
Dépôt légal : février 2013

Imprimé en France